素年
秘密生长的萝卜

郑州大学出版社
郑州

图书在版编目(CIP)数据

素年·秘密生长的萝卜/马国兴,吕双喜主编.—郑州:郑州大学出版社,2019.2

(小小说美文馆)

ISBN 978-7-5645-5988-5

Ⅰ.①素… Ⅱ.①马…②吕… Ⅲ.①小小说-小说集-中国-当代 Ⅳ.①I247.82

中国版本图书馆 CIP 数据核字（2019）第 006835 号

郑州大学出版社出版发行
郑州市大学路 40 号　　邮政编码:450052
出版人:张功员　　发行部电话:0371-66658405
全国新华书店经销
河南龙华印务有限公司印制
开本:710 mm×1 010 mm　1/16
印张:10
字数:146 千字
版次:2019 年 2 月第 1 版　　印次:2019 年 2 月第 1 次印刷

书号:ISBN 978-7-5645-5988-5　　定价:29.80 元
本书如有印装质量问题,请向本社调换

编委名单

总策划　任晓燕

主　编　马国兴　吕双喜

副主编　王彦艳　郜　毅

编　委　马　骁　牛桂玲　胡红影　李锦霞
段　明　孙文然　丁爱红　郑　静
付　强　连俊超　郭　恒

序

任晓燕

“小小说美文馆”丛书这项出版工程，推举小小说作家，推出小小说作品，推广小小说文体，为进一步推动全民阅读工作常态化、规范化，提升国民素质和社会文明程度，共同建设书香社会，做出了应有的贡献。

纵观我国现代文学史，每一种文体的兴盛都有其复杂的社会文化背景。其中，传媒载体是一个不容忽视的重要条件。如大型文学期刊之于中、短篇小说，报纸文化副刊之于散文、随笔。现代社会，传媒往往引导着阅读的时尚。

当代中国的小小说，也是如此。

仅仅在三十多年前，小小说对于读者来说，还是一个较为陌生的概念。在称谓上也五花八门，诸如微型小说、一分钟小说、超短篇小说、袖珍小说、千字小说、快餐小说、迷你小说等。当时，全国没有一家小小说专业报刊，小小说作品往往作为报刊的补白或点缀，难登大雅之堂。与之相对应，也没有专门从事小小说创作的作家，大都属于散兵游勇式的业余创作。而全国性的文学评奖，更是从来就没有小小说的一席之地。

在这种情况下，1982 年 10 月，郑州小小说文化传媒有限公司的前身百花园杂志社，敢为天下先，在旗下的文学期刊《百花园》推出“小小说专号”，引起文学界的关注，受到读者的欢迎。此后，1985 年 1 月，《小小说选刊》正式创刊；1990 年 1 月，《百花园》改版为专发小小说的期刊。此外，百花园杂志社还多次举办小小说笔会、评奖等文学活动，先后创办小小说学会、函授学校等民间机构，不断推进小小说作家专集、作品选本等出版项目。

通过业界同仁多年不懈的努力，小小说已从点点泛绿到蔚然成林，以独立的姿态屹立于中国当代文坛，跻身“小说四大家族”，并进入鲁迅文学奖评选序列，在全国各地拥有逾千人的较为稳定的创作队伍，成为广大读者喜闻乐见的文体。

小小说是新兴的文体，又有着古老的渊源，在一定程度上，它与文学的起源密不可分：上古神话传说如《夸父逐日》《嫦娥奔月》《女娲补天》等，就具有小小说精炼、精美的叙事特征；春秋战国的诸子著述，不乏微型珍品；南朝刘义庆的《世说新语》，堪称我国最早出现的小小说集；宋代人编撰的《太平广记》，可谓自汉代至宋初野史小小说的集大成著作；清代蒲松龄的《聊斋志异》，创立古典小小说的高峰；现代鲁迅的《一件小事》等，开启白话小小说兴盛的序幕。

近几十年来，小小说之所以大行其道，是与现代生活节奏合拍分不开的。从这个角度来说，小小说是一种最具有读者意识的文体。同时，小小说受到世人的普遍关注，根本原因在于展示出了宝贵的文学艺术价值。当代中国的小小说，继承了从古代神话到诸子寓言、从史传文学到笔记小说的叙事艺术传统，并与各种艺术形式的美学精神相通相融。比如对意象之美和境界之美的追求，就代表着中国文艺美学的主要传统，它是至高的，也是永恒的，也正是小小说艺术的自我要求。

文学创作的成功与否，不能以篇幅长短而论，最终还是看思想艺术上的成就。诸多优秀小小说作品，言近旨远，微言大义，给读者留下了难以磨灭的印象，其艺术含量和思想容量丝毫不逊于中、短篇小说。所以，小小说最能够、也最便于在读者心灵上打下烙印，原因就在于它的精炼和集中，常常呈现给读者引人入胜或发人深思的典型事件，性格鲜明的典型人物。小小说还是“留白的艺术”，把最大的想象空间留给读者，去回味、创造和补充。小小说对语言的要求很高，诗歌创作中的炼字炼意，对于小小说同样适用。

当代中国的小小说已形成气候，成为一种广阔的文学景观。今日，小小说已步入创作成熟期，以特有的艺术魅力丰富着我们的精神生活，也必将在文学史上留下自己的位置。在此，作为一位“小小说人”，我期望小小说作家像苍穹中的繁星那样，闪烁出五彩缤纷的个性之光。

（任晓燕，郑州小小说文化传媒有限公司董事长，《百花园》《小小说选刊》总编辑。）

目录

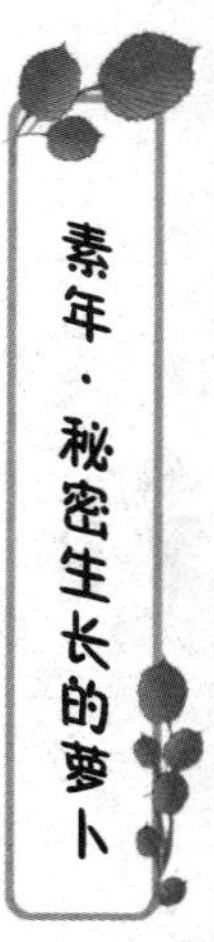

秘密生长的萝卜

安石榴

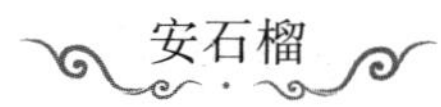

一棵萝卜在秘密生长。

萝卜长在花圃里，或者叫公共花园，某一天我在上学的路上突然看到了它。那个小小花圃长着满满的绿草和几排水蜡、玫瑰，还有几棵压根儿就在那儿的松树。那棵萝卜就长在绿草中，我一眼就看到了它。虽然萝卜的叶子也是绿色的，但是样子和草大相径庭，区别它们很容易。而且，我确实认识萝卜，别管我是怎么认识的。

你承认吗？城市是个矛盾的怪物，它包容又排斥，宽容也刻薄，热情更冷酷。所以这棵萝卜在花圃中，如果我不用“秘密”这个词来限制它，它就很难生长。

我每天都在上下学的路上看它一看，但我不停下脚步，不在花圃前逗留，不给任何路人有意和无意的暗示。我只在远远走来的时候心里祷念，愿它长得好。然后匆匆走过。

慢慢地，那棵萝卜和它生长的故事一起成为我心中的秘密。

我觉得这是一件很有意思的事情。这座城市有四十万双脚，我不知道每天有多少人从我的萝卜身边走过。不过还好，那棵萝卜和我一起守护着生长的秘密。

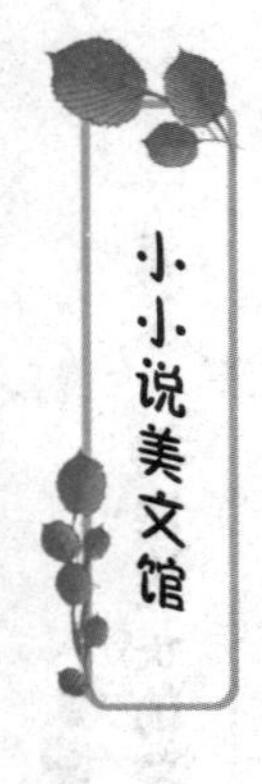

我还觉得这棵萝卜很好相处，它在一点儿一点儿茁壮成长。但是，它的秘密并没有给我造成任何压力。

这样很好，我不知道它来自何方，也没有想过它将来会怎么样。

但是，发生了两件与萝卜有关的事情。

我做了一个梦，梦到我在拔萝卜，这本来是很容易的，我有拔萝卜的经验。可这次不行，我把萝卜叶子抓在手中，轻轻晃动，然后用力，但是萝卜并没有拔出来，萝卜的叶子折断在我的手里，我看不见萝卜到底是什么样子。

后来真实的惨案发生了。我家楼下是早市，一对父子卖萝卜，他们的萝卜种类挺多，有白的，有红的，有圆的，有长的。他们已经卖了很多天，每天都交市场管理费。一天，一个卖水果的女人把她的水果车摆放在萝卜前面，于是争吵开始了，卖水果的女人用自己的“小灵通”招来了儿子。她儿子来了，卖萝卜的父子就倒在了血泊中。

围观的人散了之后，我发现父子俩的萝卜不见了，等到秋天来了的时候，父子俩的事情早已被人忘得干干净净了。

我的萝卜却还在秘密地生长。我不担心它的将来，它可以就这么秘密地生长下去，永远。

那是个黄昏，我踩着落叶往家走，就要到那个有着一棵萝卜秘密的小花圃了，我开始祷念，愿它长得更好。这时候一个女人迎面而来——

这个女人左手牵着一只黑色长毛小狗，右臂腋下夹着一根长长的白萝卜！

一根长长的白萝卜！

我的秘密被一个女人掌控在腋下了。

我的秘密被一个陌生的女人掌控在腋下了。

我的秘密被一个牵着一条黑色长毛小狗的陌生的女人，掌控在腋下了。

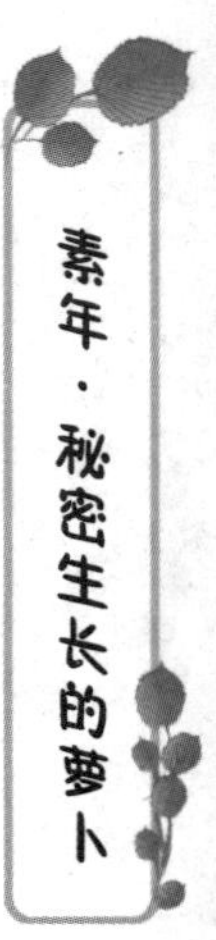

宝子二舅

安石榴

宝子二舅挺逗的，他媳妇一度生不出儿子，也没见他多生气、多想不开，他也不打老婆，不骂老婆，他就是一个劲儿地要孩子。

宝子二舅母可能挺感激他这一点的，乖乖地配合，一个接一个地生。

但是村里扛不住这个，就一次一次地罚他们。

宝子二舅的四丫头满月的那天，村里实在受不了了，雇了一辆推土机把宝子二舅家的房子拱平了，只剩下一片瓦砾。

两口子拖着一群流鼻涕的丫头在旁边看热闹，就像没他们什么事儿似的。

第二天，宝子叫来一伙人，干啥的都有，来自多远地方的都有，开轿车的、开手扶拖拉机的、开“三驴子”的，连骑着自行车的都来了，宝子二舅把推倒的房子又重新盖起来了。

于是他们接着生，终于，小五出生了——是个“带把儿的”！

宝子二舅爱喝酒，不爱自己喝，一个人喝酒没意思，爱和朋友一起喝。渐渐地，宝子二舅家的房山头起了一个小山包——堆满一地的空酒瓶子。

宝子二舅酒量大，一斤白酒下肚，没事儿。他不耍酒疯，喝多了就唱歌，啥都唱，有时吼一嗓子“咱——当兵的人”，有时勒着细嗓子唱“小妹妹送情

郎呀,送到那大门外"。

宝子二舅母听他唱《当兵的人》不说啥,听他唱《送情郎》,就骂他贱。

宝子二舅说:"你懂啥?女愁哭,男愁唱。"

话是这么说,可是有一天宝子二舅唱起了《一壶老酒》,当着老婆和朋友的面,唱着唱着眼泪出来了,哗哗的。

宝子二舅母顶着一头鸟窝一样的乱发,撇撇嘴:"儿子给你生出来了,你愁个屁呀!"

宝子二舅除了自己的责任田,还租了村民的一大片地,五百亩的地就种两样——玉米和黄豆。一到秋天,金灿灿的一地黄金似的。

宝子二舅才觉得怪呢,总是风调雨顺,年年丰收。这说起来不科学呀,哪能年年风调雨顺呢?

一点不假!可就是怪,灾害不沾他的边儿,他真的年年丰收。

就举一个极端例子吧,很能说明问题的。

话说有一年牤牛河涨水,百年不遇的大洪水,上了年岁的人也没见过这么大的洪水,都上了央视哪。

洪水如猛兽,见路毁路,见桥淹桥,遇到庄稼"哗"的一下毫不留情地卷走了事。

可是怪呀,冲到宝子二舅家的田边时,猛地一转身,走开了,把宝子二舅家的庄稼好好地留下了。

大水过去之后就像故意气人似的,一下子晴空万里,艳阳高照,宝子二舅家的庄稼长得好极了,一片苍绿。

好家伙,那玉米秆子壮实得惊人!那黄豆荚鼓鼓的,土豪钱包似的!到了秋天,田地里金灿灿的,好似一地黄金哪。

可是,收割、打场、卖粮,把化肥钱、农药钱、种子钱、人工费、机械费、田地租金、一部分陈年旧账、新欠的酒菜钱等结算清,就不剩啥了,等于白忙活。

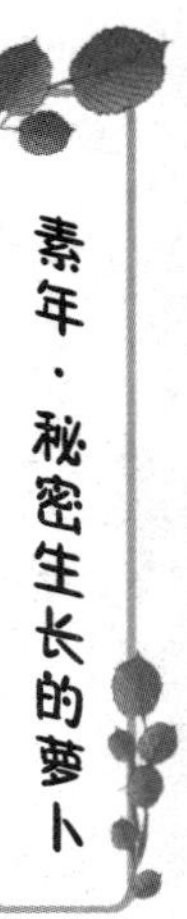

宝子二舅朋友多，好热闹，干点啥都喜欢搞大场面，不计代价。

大家乐得捧他的场，一帮子一帮子地都来了，可热闹了，一派大生产的景象。

宝子二舅高兴，管吃管喝，放纵众人在家里大吃大喝，高兴嘛。

每年一开春，就来这一套。年年如是，年年到秋白忙活。房山头的空酒瓶子越堆越多，从一个小山包，长成一座大山了。

宝子二舅六十岁就死了。

宝子二舅母头上还顶着那只鸟窝呢，她说："还不是让马尿泡死啦！"说完嘎嘎干笑了两声。

这有什么可笑的呢？没什么可笑的吧！

宝子二舅母好像也知道，干笑两声就收场了。

七月十五给亡人上坟，全家都去了。儿子儿媳妇姑娘姑爷跪了一地。

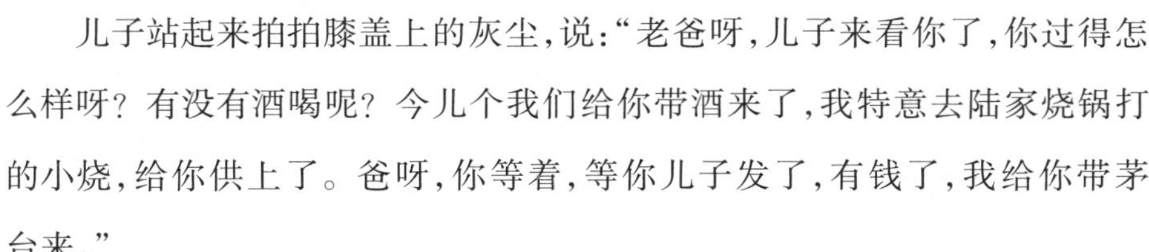

儿子站起来拍拍膝盖上的灰尘，说："老爸呀，儿子来看你了，你过得怎么样呀？有没有酒喝呢？今儿个我们给你带酒来了，我特意去陆家烧锅打的小烧，给你供上了。爸呀，你等着，等你儿子发了，有钱了，我给你带茅台来。"

听了他这一唠嗑，大家伙儿都呵呵笑了。

宝子二舅母摇了摇她头上的鸟窝，撇撇嘴，哼了一声，说："你爹就等着吧，非等得骨头碎成渣不可喽。"

宝子二舅的儿子真是亲儿子，和他老子一模一样，也是那样喝酒，也是那样种地。

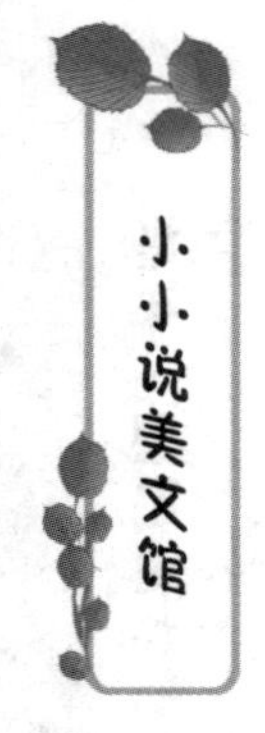

三 娘

相裕亭

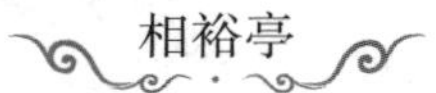

邮差，盐区人叫送信的。旷野里，乡间道路上，邮差成天斜背着一个褪了色的帆布包，打着裹腿，独自行走时，手中还时不时地折一节柳树枝摇呀摇。其间，若遇上拉盐的大车，人家一定会邀他到盐车上，带他一程。

这时，好奇的人总会向他打听："今天，都有哪家的信？"

那个矮胖敦实的中年邮差，也不避讳，顺口就能说出盐区今天有信件的几户人家的姓名。

问话的人，脸上挂着或羡慕或担忧的神情，与邮差说着那些有信件人家的几多往事。有时，还会与邮差一同猜测那信中的大概内容。

新中国成立那会儿，盐区识字的人很少。当然，邮差是识字的。否则，他怎么把一封封写着地址、人名的书信，送到人家手中呢？这样一来，邮差要做的事情，就不单单是送信了。他把信件送到那户人家，往往是刚要闪身离开，又被信的主人喊住了。

"先生留步！"

随之，搬过家中最好的条凳，捧上一碗热茶，请他帮忙读信。

邮差把信上的好消息、坏消息，原原本本地都给念出来。往往是信还没有念完，听信的人就已经乐得合不拢嘴，或是哭得泣不成声了。要么，就是

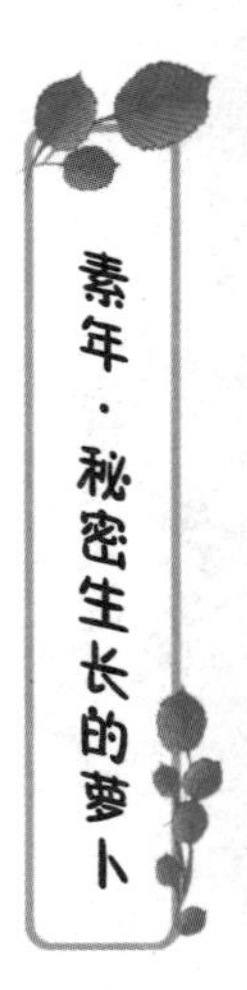

信读至半截时，听信的人就不让他再读下去了。原因是，信中说穿了某个石破天惊的秘密。

时值战乱，盐区里好多血性男儿，戴着红花参加了革命队伍。到头来，却投奔到国军那边，跟着老蒋卖命去了。更离奇的，干脆跑到日本人那边做了狗腿子。所以，在那段特殊的岁月里，邮差给盐区人带来的消息，往往是吉凶难料。

"这是孙少伍家吗？"

今天这封信，是孙少伍家的。邮差顺手推开院门，大模大样地走到院子里。但他并不进人家的厅堂，只站在院子里喊话。

孙少伍是这个家的男主人，但他离开这个家已经很久了。

"这是孙少伍家吗？"

邮差站在院子里高一声低一声地喊，以至于引来巷口围观的几多村童，那些爱看热闹的顽皮孩子，纷纷跑到孙家的堂屋、锅棚里，帮邮差大声高喊："三娘，三娘，你们家来信啦！"

这时，西墙根的锅棚里，一个女人顶着头巾探出头来。显然，她就是孙少伍家的女人孙三娘，她已经好久没有听到有人呼喊孙少伍这个名字了。所以，刚才邮差在院子里喊了半天，她都没有反应过来。

三娘见到邮差，想去接信件，可她手上还是湿的——她在锅棚里正洗菜呢，她下意识地在衣襟上擦去手上的水渍。可邮差让她去找图章，说是挂号信，要打个"回执"，才能把信件给她。

孙三娘哪里有什么图章呢？那个让她日夜揪心的男人，离家六年都没个音讯。而今，猛然间有信来，还要让她拿图章，这可难坏了三娘。

没有图章，邮差让三娘在他指定的表格上按个手印子。

孙三娘按了手印子，看着邮差手上的信件，就像看着她朝思暮想的男人。

在按下手印的那一刻，孙三娘心中多少还有些羞涩呢。但她很快又慌

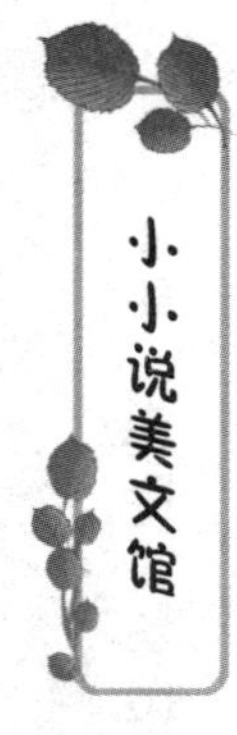

张起来。盐区有几家男人跟着老蒋丢了脑袋。结果是，一个白布包寄回来，全家人都成了坏分子。所以，孙三娘按过手印以后，那个留有胭脂红的指尖儿，一个劲地直发抖。

围观的孩子都盼着三娘快点儿把信打开，他们想知道，孙三娘听过信上的内容以后，是会哭还是会笑呢。可三娘陡然冷静下来，她把孩子们一个个都赶走，只留下邮差。

邮差呢，似乎已经猜到了信的内容，但他在没打开信件的时候，仍然装作什么都不曾知道的样子。过了一会儿，待看完了信的全部内容后，他自个儿先把头深深地低下了，告诉三娘："你丈夫没了。"

孙三娘瞪大双眼，半天无话，末了，她用后嗓的余音，问那邮差："怎么就没了？"

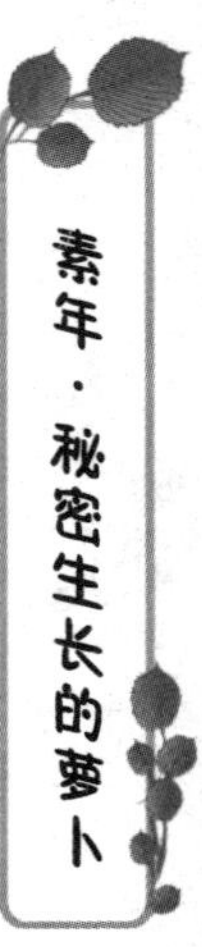

邮差没再说啥。

三娘把脸别过来,目光呆滞,像是在问邮差,又像是自言自语:“你是说,少伍他,没了?”

邮差把信件递给三娘,告诉她:“孙少伍在解放西藏的途中,死在阿里了。”

三娘的眼里依然没有泪,长叹了一口气,问:“少伍他,是好人,还是坏人?”

三娘想知道,她的男人是为谁死的。

邮差指着她手中的烈士证书,告诉她:“当然是好人!”邮差还告诉她,她男人是国家的功臣,并嘱咐她将那证书收好。

三娘没再说啥。但此时,三娘的眼窝,如同两汪清泉,止也止不住地滚下泪来。

之后,三娘便四处打听,西藏在哪里?阿里在哪里?她甚至想知道,阿里离盐区有多远的路程。有读书人告诉她一个大概的方位,说西藏在太阳落山的地方,离盐区有五千多里路。

三娘一一记在心里。

当年冬天,盐区西去三百里传来噩耗,说孙三娘死在徐州近郊的大运河边了。人们猜测,她这是向着太阳落山的地方去找孙少伍呐。

那一年,孙三娘二十四岁。

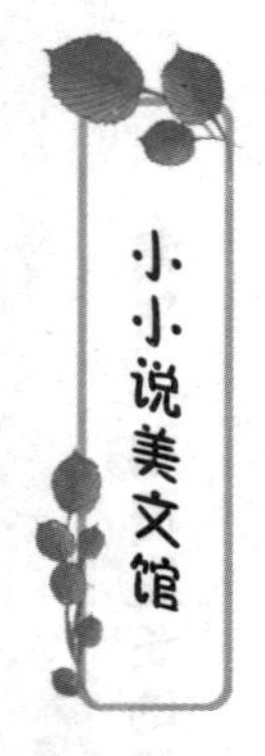

遗　训

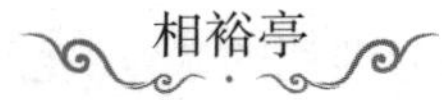
相裕亭

刁家铁货铺，以砸铁壶而闻名，兼顾着砸铁桶、铁盆、铁碗、铁勺、铁舀子等器物。按理说，刁家铁货铺应该叫刁家砸货铺。可生意人忌讳“砸”字，便笼统称之为铁货铺子。

刁家铁货铺，坐落在西大街口。乍一看，刁家父子视铁如敌，他们把坚硬的铁皮按在长凳上，伏下身躯，“叮叮当当”地砸得解恨！转而，到他们家后院里去看，墙上挂的、地上摆的、条案上放置的，全是亮铮铮的白铁皮卷制的成品、半成品物件儿，件件都很精美。其中摆设得最多的，还是那个时期较为盛行的铁皮壶。

刁家的铁皮壶，有底盘宽大、上口紧小的锥形壶，也有两头小、中间粗的花鼓壶，还有一种是专门为小孩子热饭、炖鸡蛋的长把子壶。那种长把子壶和花鼓壶，大都放置于锅台后面的烟道上，烧火做饭时，装一壶水在里面。等饭做好了，水也顺带着烧开了。刁家的壶，别管什么式样，皆灵巧精致、严丝合缝。蓄水后，遇火“嗡嗡”作响，如滚春雷。借用时下一句话说，刁家的壶是名副其实的拳头产品。

民国年间，白铁皮较为稀少，刁家父子锤下敲打出的铁质物件儿，一经上市，便在盐区赢得了船夫们的喜爱。船上的器物，随船在大海里搏击风

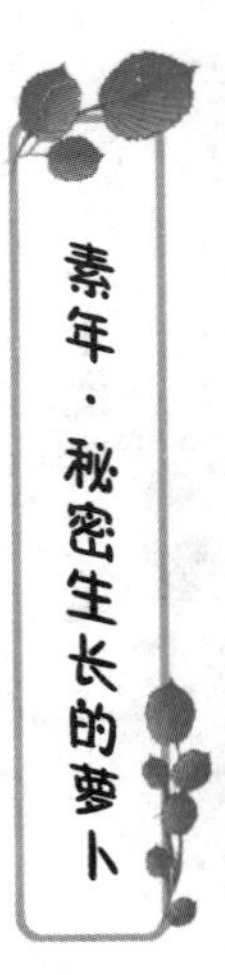

浪,随时都有相互碰撞的可能。而刁家手工敲打出的铁质器物,不怕碰撞,恰好适合船上使用,尤为难得的是,刁家的铁桶、铁盆不但轻便,还能像俄罗斯套娃那样,将几个甚至一串大小不一的铁桶、铁盆套装成一体存放,这对于面积有限的船舱来说,难能可贵。

盐区百姓也都喜爱刁家的壶。家家户户都以购得刁家的铁壶为荣。南来北往的盐贩子、鱼贩子路过盐区时,都要带上一两件刁家的铁壶、铁舀子回去。

刁家原籍江都,在盐区也算是客家人,盐河码头上就他们一户人家姓刁。所以,刁氏父子初来盐区时,连三岁的小孩子都不得罪,有时还分些糖果给小孩子们吃。刁家的大儿子刁斗,来盐区时已经娶妻生子,小妹刁兰虽未出阁,却正与店里的一个伙计相恋。

记不清是哪一年,刁家老父过世后,哥嫂要与小妹分家。此时,小妹已经完婚,并与丈夫整日在哥嫂的店里帮衬。猛然间,哥嫂让小妹另立炉灶。目的就是要把小妹逐出家门,独享铁货铺子的生意。

小妹当然不乐意。

可按照祖上规矩,手艺人的手艺,传男不传女。小妹出嫁后,赖在娘家不走,无疑是在哥嫂的饭碗里分食吃。哥嫂的心里自然不爽!但是,哥哥毕竟是哥哥,心中的不快并没有表现在脸上,而是体现在对小妹的呵护上。哥哥送给小妹一些尺子、锤子、墨斗,以及店内陈年积攒下的部分铁皮,让她带着妹婿,远走他乡,另立门户。

小妹含着泪接过哥嫂赠予的物件,但她并没有走远,就在哥嫂家对面,另开了一家铁货铺子。

小妹想分享哥嫂那边的财源。没料到,她这边的生意并不好,顾客们路过她家店的门口,脚步都不停留,全都奔着哥嫂那边的老店去了。

小妹眼睁睁地看着哥嫂那边整日“叮叮当当”忙个不停,而她家这边冷冷清清,无人问津。许多时候,一整天都等不来一个客户。于是,小妹便想

出种种招揽人的招数，先是放低价格，同样的铁壶，哥嫂那边卖九个铜板，她这边只收八个，甚至七个铜板也卖；再就是买一送一，凡来购桶者，免费送一把铁舀子；购壶者，再搭配一把小巧的铁勺子。尽管如此，小妹这边的生意，还是远不能与哥嫂那边相比。

眼看小妹的生意一天不如一天。哥嫂那边先是畅快，后又怜悯。后来，哥嫂那边干脆把修壶、补桶的零碎活儿让给了小妹。再有人上门修壶补桶，哥嫂便以手头活紧为由，故意将其推到小妹那边。

对此，小妹心知肚明，但她并不领情。小妹做梦都想与哥嫂争市场。她恨哥嫂挤对她，将她逐出家门。以致兄妹之间，迎面走在街上都不说话，两家的小孩子见面后都互相骂爹骂娘。

说不准是哪一天，一名顾客在哥嫂那边刚买了一把新壶，烧水时稍没留神，水干见底了，赶紧抢着拎起来时，随着一股青烟散去，壶底还是裂开了。找到哥嫂那边去修补，哥嫂将其推到小妹这边。

小妹更换壶底时，发现壶底的铁皮较壶筒的铁皮薄了许多。这可是有悖祖上手艺的。壶底的用料要厚，壶才耐用，哥哥难道不懂这个道理？小妹愣了片刻，忽而想到，近期哥嫂那边只卖新壶，不修旧壶，不由心中一怔！随即找出往日哥嫂卖出的壶，一一查看，果然壶底的铁皮，一概比壶筒薄了型号。

小妹懂了，哥嫂这是在给她留生路。

小妹再也不说哥嫂的坏话了，并于当晚，把自家砸好的铁壶、铁桶啥的，一股脑儿地送给哥嫂。小妹这边，只修旧壶，不卖新壶了。

时至今日，盐区西大街上两家挨在一起的铁货铺子，仍然是一个“卖新”，一个“补旧”。

据知情者说，当年刁家老父去世时就有交代，哥哥只“卖新”，不“修旧”；妹妹只“修旧”，不能“卖新”。由此，兄妹之间互不抢夺对方的生意。半个多世纪过去了，盐区这两家砸铁壶的兄妹后人，仍然坚守老辈传下来的遗训。

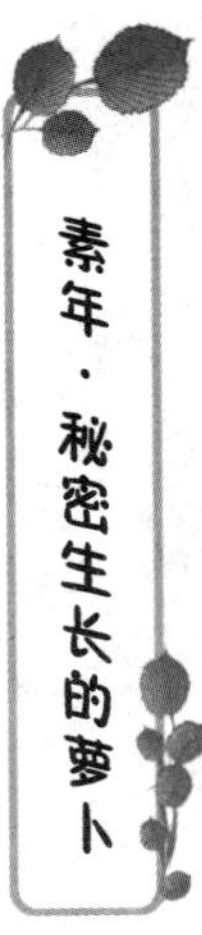

城市聆听

晚上，我接到一个陌生来电，耳边传来一个年轻男人的声音：“哥。”

我愣了一下，问：“你哪位？”

“哥，你不认得我，我也不认得你。”

“你……”

“哥，你能听我说说话吗？”

“好。”

“哥，我很孤独，也很寂寞，在这个城市，我没有朋友，也交不到朋友。你不知道，我是多么无助。以前在老家，我总在想，将来一定要来大城市赚大钱，闯出一番天地来。真正来到这里，才感觉到万分不易……”

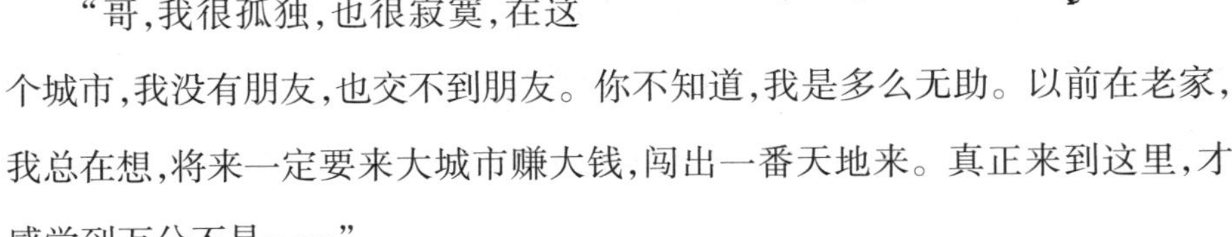

我静静地听他说，他接二连三的话语，似乎也不想让我插嘴发表什么意见。

“……哥，你知道吗？我刚来第一个月，找不到工作，从家里带来的钱也花完了，没东西吃，也没地方睡。你一定去过南京路步行街吧？有一晚，我就睡在了那里。长长的屋檐下，睡了许多流浪的人，他们还带着脏兮兮的被

褥。我也没有被褥，睡在了步行街的石椅子上，有点儿冷，但睡着后就不觉得冷了。但我刚睡着，就被几个巡逻的警察给叫醒了，让我离开……”

“一切都会好的。”

“对。谢谢你，哥。”

又一天晚上，又一个陌生来电打了过来：“哥。”

我笑了，说：“你好啊。”

陌生男人想不到我那么客气，不好意思起来，说：“哥，没打扰你休息吧？”

“没事儿，你说吧。”

“哥，知道吗？在这个城市，我是迷路的人，找不到目标，也找不到方向。我是一个包工头老乡介绍来的，他说，大上海遍地都是钱，只要弯下腰，你就能把钱给捡起来。可是，并不是这样的……”

我认真地听他说，屏着呼吸没有说话，我怕我的呼吸声、我的话语影响他讲话的气氛。

“……哥，我干了一个月，问老乡要钱，老乡说投资方还没给钱。干了三个月，问老乡要钱，老乡说投资方那里资金周转不过来。干满半年，老乡竟然不见了。我们没办法，一大帮子干活儿的人向投资方要钱。投资方拿出签收单给我们看。这狗日的老乡怪不得不见了，携款跑路了啊！老乡跑了，投资方不是还在吗？我们一大帮子人就去投资方那里大吵大闹，还扬言要跳楼，去找政府。闹到后来，投资方只好再结工钱给我们。我们是不是有点儿不地道？”

“一切都会好的。”

“对。谢谢你，哥。”

多年以前，一个人站在街角的封闭式电话亭前，落日余晖照在他脏兮兮的身上，不时有路人不无鄙夷地从他身边走过。

他给家里打了个长途电话。

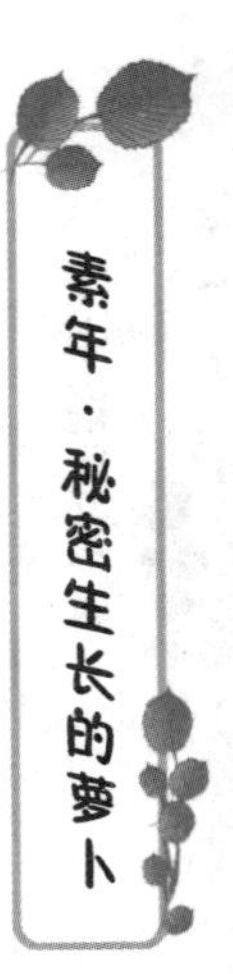

"你都习惯吗？工作累吗？想家了吗……"妈妈的问题像连珠炮一般。

"我很好，放心吧，一切都很好……"他是想笑的，但笑不出来，寻了个理由，匆忙挂了电话。他怕控制不住自己的情绪。

电话挂了，但他没有离开。他有向人倾诉的想法，有许多无法和熟人说的苦闷与难过。

他拨了一个陌生号码。是一个女人的声音，说："你找谁?"他说："我是来这个城市打工的，我能和你说说话吗?"电话挂了。

他拨了第七个陌生电话，是一个男人的声音。

他说："我是来这个城市打工的，我能和你说说话吗?"

男人说："可以呀。"

他说："我来这个城市一个月了，太苦了，你知道吗？蚊子特别多，第一晚我都没睡着。还有，这里养了一条大狗。那狗白天拴着，黑乎乎的毛，红红的眼，很吓人。见人就大吼两声，能把人给吓尿了。到了晚上，这狗就被放了出来，说是为了看家护院。我就不敢开门，天一黑就关在屋子里。和我一起上班的几个年轻人，他们住得近，晚上可以回家，我不可以。我只能待在这里。白天我们几个人去干活儿，去挖那大大的树穴。我挖不动，一天勉强挖了一个。老板用眼睛直瞪我，很不满意。老板让我给树浇水，拿长长的管子，抬重重的机器，都是我从没干过的。浇过水，我身上又脏又湿，像是从河里捞出来一样……"

他还说："我想家了，我想过放弃，想过回家，但我又不能回家……"

"一切都会好的。"

"对。谢谢你。"

电话挂了。

他的心头暖暖的，是倾诉过后的放松，还有别的什么。

那个人，是我。

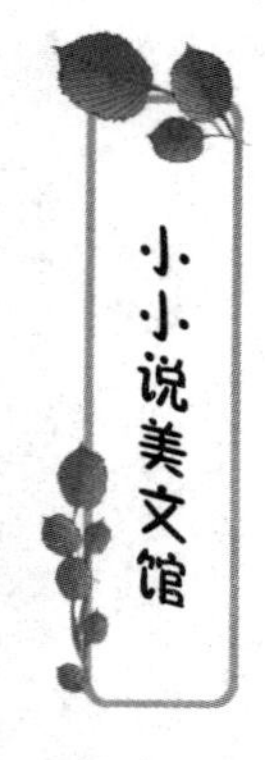

少　年

崔　立

一天上午，少年蹑手蹑脚地离开了图书馆。图书馆外，是一条步行街，人群来来往往。天并不热，少年的额头上却微微沁出了汗。

少年的头一直低着。从阅览室到步行街的每一步，少年都走得小心翼翼，脸上带着惊慌。倘若有谁呼喊少年一声，少年恐怕都会被惊住，暴露出他心头的压力。

灿烂的阳光下，少年远远地朝身后的图书馆回望了一眼，然后大喘一口气，整个人也放松下来。

少年轻轻拉起上衣，一本崭新的杂志到了手上。杂志上的每一篇文章，少年都喜欢。少年想带回家去看。少年去附近的报刊亭看过，没有这本杂志。犹豫再三，他终于选择铤而走险。

这一晚，少年躺在床上，将这本杂志从第一页到最后一页，好好地看了一遍，连中缝处都没有放过。

合上杂志，少年满足地伸展了一下腰，好爽！

几天后，少年再度出现在图书馆门口，左顾右盼地，又上了二楼的报刊阅览室。

走进去时，少年的心是带着一点儿忐忑的。那个坐在服务台前的中年

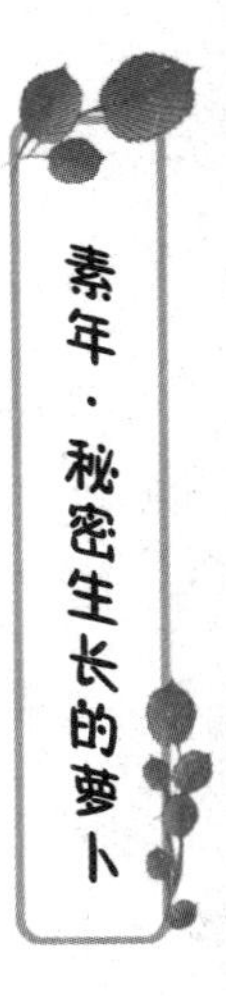

女人,似乎朝着少年的方向凌厉地望了一眼。就那一眼,少年的心都快要跳出来了。

还好,中年女人在望过一眼后,就没再看少年,少年感到瞬间的放松。

少年小心翼翼地走过去,径直在书架前停住,那里有一本新的杂志。这是本半月刊,是上次杂志的新一期。

少年轻轻地拿下杂志,在旁侧的书桌前坐下。看杂志的人不是很多,只有几位老人,在认真地翻着,无视身旁像少年一样的孩子。

翻了几篇文章,少年又有了爱不释手的感觉。上一次,少年就是没控制住自己。

少年抬头望向女人的方向,女人低着头,似乎在仔细地看着什么。少年心头有些窃喜。真的要像上次那样吗? 少年想。

少年的手,时而合上杂志。时而,又忽然打开那本杂志。在心头,少年拒绝了自己。少年不想再那样了。

这一天,少年把杂志上的每一篇文章,都认真读完了。读完后的杂志,少年轻轻地合上。少年站起身,又来到书橱前,轻轻地放了上去。

每隔几天,少年都会来到图书馆,来到报刊阅览室,去找寻新一期的杂志。定期来看这杂志,像是少年的一个约定。

每次,少年都会看到那个女人,有那么一丝心悸,在少年的心头慢慢弥漫开。

每次,少年都会认真地把杂志上的每一篇文章看完。之后少年会合上杂志,站起身,来到书架前,将那本杂志轻轻地放在上面。

时间在慢慢地流逝。

少年喜欢看那种杂志的习惯,没有因为时间而改变。少年带来了纸和笔。少年照着那些文章,也开始写。虽然写得多少有些拙劣,但少年喜欢。那些拙劣的文字像是青涩的自己,容易犯错,再慢慢修正。

有一天,女人竟走到了少年的身旁。少年正低着头写他的文章。感觉

似乎有人在注视自己，抬起头，少年吓了一跳。

女人笑了笑，说："写文章啊？"

少年说："哦，对，对。"

少年的脸有些发烫，是被看到偷偷写文章，还是别的什么原因？

女人说："下周，我要退休了。"

女人说："我看你经常来这里看杂志。"

女人还说："我带你参观一下我的工作台吧。"

少年跟着女人，到了服务台处，惊讶地发现一台监控的电脑，阅览室里各个角落的场景，包括少年常常拿杂志坐下来看杂志的位置，都能看得一清二楚。

少年的脸忽然特别烫。她是在提醒自己什么吗？少年记得那次"拿"杂志的时候，女人是低着头的，低着头在看电脑吗？

几秒的停顿后，女人忽然说："以后文章写好了，给我看看。"

少年说："好。"少年稍稍有些放松。

隔两周，少年去报刊阅览室，女人果然已不在了，换了一个男人。

这是多年前的事了。少年长大了，考上了大学，有了稳定的工作。少年的文章写得也很精彩，经常在当地的日报上刊登，也在外地的报刊上刊登，包括那本他常看的杂志。少年在这个领域已小有名气。

少年常常想，如果当年女人抓住偷杂志的自己，会是怎样？如果自己偷了一次，又偷，又会是怎样？女人会不会抓他呢？

少年还想，如果没有当年自己青涩的文章，能有现在精彩的文章吗？还有，少年写的文章，女人看到过吗？

现在，少年不用再去步行街的图书馆了。图书馆搬迁了，少年要去新的图书馆。

在新的图书馆门口，少年总要在阳光下站立几分钟，想想多年前的自己，然后再迈开步，走进去。

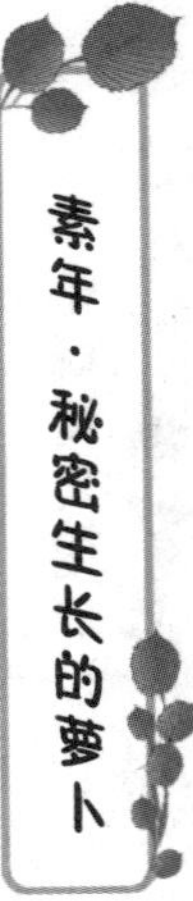

有风的日子

男人回来的时候，脸有些沉，是心沉了。

女人在厨房烧菜，随着炒菜的“刺啦”声响起，菜的香味也慢慢悠悠地溢了出来。男人闻到了香味，也闻到了酸楚味，是心头的酸楚。

男人换了鞋，放下包，将口袋里的手机随手扔在桌上。若干次，男人都有想要扔掉手机的冲动。

男人坐在沙发前，打开了电视机，时间是晚上六点三十五分，新闻综合频道播放的是今天中环线桥体下落的报道，一早出来的爆炸性新闻。桥面被一辆满载水泥桩的卡车“压断”，造成整个中环一带交通严重拥堵，甚至影响到了整个上海的交通。

看着电视，眼前有画面，耳边有声音，男人却一直眼神木木地发着呆，像看到了什么，又像什么也没看到。

男人在想着事儿。

男人想到了颖儿。颖儿是男人新认识的一个女孩子，年轻貌美，富有难以用言语表达的知性美。

那天下班的路上，有点风，颖儿像是一个天使被刮入了男人的怀抱。颖儿蒙了一下，男人也蒙了一下。

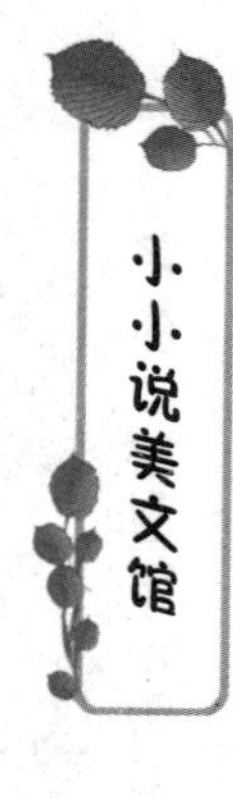

颖儿说："对不起。"

男人却没说没关系。

男人是个天性乐观开朗的人。

男人说："风把你吹来了，这是我的荣幸啊。"

然后，颖儿和男人都笑了。

自此，两人成了朋友。

颖儿会给男人发微信，讲一些话。男人也会给颖儿发微信，讲一些话。有时是在白天，有时是在晚上。

男人像是回到了年轻的时候，看着微信，会莫名其妙地笑。

女人有时看到了，问："怎么了你？"

男人说："哦，没什么，看到一个朋友发的搞笑微信。"

女人点点头，就不说话了。女人对男人的好奇心并不重。

当然，他们也会"约饭"。

这自然是男人主动约的。

第一次，约在一家港式餐厅，男人去得早，等了一会儿，颖儿像一朵明媚的花儿般飘来了。那是男人第二次见到颖儿。

颖儿看到男人定定地在看她，就将纤细的手在他眼前摇晃几下，说："看什么呢？"

男人像如梦初醒，说："哦，在看风景呢。"

颖儿说："风景？"

颖儿朝身后看了下，身后是墙，一堵灰黑色的墙。颖儿这才反应过来，瞪视男人，就看到男人一脸的笑。

第二次，是在一家啤酒屋。

有朋友给了男人几张代金券，男人拍照发给颖儿看，说："一起去吃？"

颖儿说："好啊。"

就一起去了。点了几个菜，还要了两杯啤酒。男人酒量小，没喝几口头

就有点儿晕了。男人喝酒还有个情况，就是脸红。但男人看不到自己的脸，也不知道红了没有。

在结账的时候，男人要去付钱，颖儿也要去付钱。

男人说："怎么能让你付呢？"

颖儿说："上次是你请的呢。"

推来让去之间，男人的手，不经意地碰触到了颖儿的手，暖暖的，软软的。

颖儿的手收了回去。

男人手上残留的温度，还在。

那几晚，男人甚至还做了梦，梦中有他，也有颖儿。

虽说男人结婚有几年了，但男人不老。男人有时觉得他还是个未婚男人，未婚男人和还没男朋友的颖儿挺配。

男人也一直隐瞒着自己已婚的身份。男人不知道自己是怎么想的，却又明明知道自己是怎么想的。

而今天，在中环线遭遇大新闻的这一天，男人的心田也遭遇了大新闻。

因为颖儿，在她的微信朋友圈中，晒了图，九张图，是颖儿去参加集体相亲的照片。颖儿的面前，坐着一个又一个的陌生男人。颖儿呈现给他们的脸，很自然，还带着微红。颖儿在面对男人时，从来没脸红过。

憋了半天，男人给颖儿发了微信："你去相亲了？"

颖儿回："是啊。"

就这么两个字，如此简单。没有解释，或者根本就不需要解释。男人瞬间被击倒。男人热切的心，掉入了谷底。

男人被碰触了一下。是女人，女人说："吃饭了。"

男人像是醒了过来，说："哦，好，好。"

女人说："你看这新闻竟看得这么出神。"

男人说："还好，还好。"

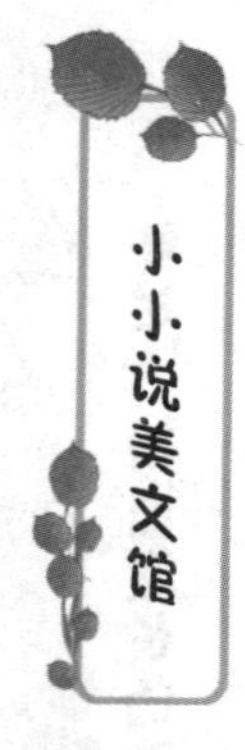

电视节目,已经进行到天气预报,主播在说:“……和前几天相比,本市的风力总体上将有所减弱……”

男人尝了个菜,又连着夹了好几筷,说:“老婆,你烧的菜真好吃。”

接着,男人又像是自言自语:“前几天,看来真的有风。”

女人挺纳闷儿地看着男人。

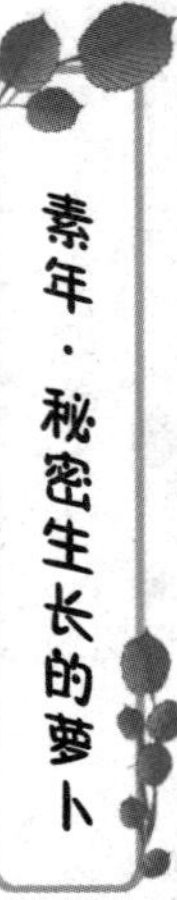

海鲜为什么是腥的

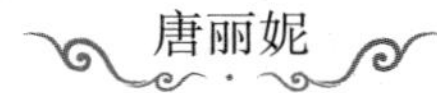

开摊了，雾中海鲜被弄醒了，腥风也被搅起来了。

“小刀，海鲜为什么是腥的？”我问。

“痴婆！疯婆！都问一年了，你烦不烦？”小刀正在蟹虾贝螺之间穿梭，懒得搭理我。

一袋虾被扔进水盆里，有两只蹦出来，弹到我的脚边，黑精精的小眼珠望着我。

“小果，别戳着，快穿虾，盐快烫好了！”小刀这会儿又变成了烤箱烤炉炒锅间的梭子。

小刀就这点儿好，不怕苦，勤。不过，我可不想动。我拿竹签在水里划来划去，撩拨虾们的长须。

“小刀，你看，这虾须，比我的头发好看，比我的睫毛好看！”小刀说过，他喜欢我的头发，也喜欢我的眼睫毛。

“嗯嗯，好看，好看。”小刀坐过来，抓起一只虾，剪子嚓一下，红须子跌落。小刀又抄起竹签，对着虾尾，啵一声，从虾头穿出来。

我瞪小刀一眼，起身拿抹布，抹桌子抹板凳，洗碗洗青菜。

“小果，这包虾是专门焗给你吃的，很香，一点儿都不腥。”小刀说。

“不吃!”我说。

“傻丫头,老柴说两年前我俩吃海鲜会吐,是因为刚从山旮旯里钻出来,山猴子似的,头一次吃海鲜,不习惯……”

“打住! 要不是老柴骗我们说海鲜有多美味多好吃,我才不跟你来这臭地方呢!”我说,“陈老师讲过的,考不上高中的,可以到县里读职中,我妈都答应借钱了! 都是你,都是你,你和老柴一起骗我来这里!”我忽然很想哭。

小刀不说话,三下两下穿好虾,用锡纸包好,埋进滚烫的盐里,焗上。

客人逐渐多了起来,来了走,走了来。我收收捡捡,忙起来。小刀来回翻腾那些贝贝螺螺,吱吱啦啦响,弄得烟熏火燎的。

太阳三丈高了,雾早已散去,夜里存下的那点儿凉气也散去了,遮阳伞纸糊一般形同虚设,热气夹着腥气逼到人身上来,像虱子那样让人烦躁难受。

哇呕……我又吐了,跟一年前咬那口海鲜时一样,吐到肠子乱成一堆。不知为什么,最近我老吐,不吃海鲜,也吐。

我拿着抹布呆坐着,看小刀招呼客人。我想家,想山里绿的树,绿的竹,绿的草,想每一片绿色的叶子。

“你去看看医生吧。”小刀拿过我的抹布说,“小果你一定是生病了,去打一针就好。”

“小刀,海鲜为什么是腥的?”我垂着头问。有气无力的声音,我自己听了都懒得答。我不想去医院,我没有病,只是不想动,还讨厌这腥味。

“说多少次了,海鲜闻着腥,吃着不腥! 你神经病!”小刀说。

“我也说过多少次了,我不是因为腥而不吃,而是因为不知道为什么腥才不吃! 你傻子啊还是像你妈一样是聋子啊!”我烦乱得像疯子。

没想到,小刀突然难受起来,生起气来,啪地一甩抹布,鼓起眼球,大吼:“你再说一次!”

“我要回家! 我要读书! 我不想跟你这样混!”我也吼。我不知道是血

还是泪直往我的眼里奔腾。

“不！小果，别这样。”小刀软下来。

我解开围裙说：“我现在就买车票，明天就回家！这次我说到做到！”

“你回去了，我怎么办？摊怎么办？老柴还没回来啊！”

“别提老柴！他骗我们来北海帮他看摊，他人呢？”

“小果，老柴去南宁去柳州是找朋友卖海鲜。打开市场，生意才能做得大啊！生意做大了，我们就有钱了，就可以买房子、结婚、生子。”小刀笑嘻嘻的。

“你怎么这么傻啊！他骗我们呢！小刀哥，求求你，我们回去吧，或者去东莞找你哥。我们才十八岁，应该有更好的前途，不是吗？”

“傻丫头，回去种田？收松香？那发不了财的！你看，这一年里，多难的事我们都过了，弄海鲜的活儿，我也基本会了。我以后一定会发财的，比老柴还有钱，你等着享福吧，啊！”

小刀说完，蹲下去剥生蚝，没工夫再理我。因为又有顾客来了。

“可我不愿意在海鲜堆里做一只海鲜!”我对着他汗渍渍的背影吼,转身走了。

“回来! 回来……”小刀瞬间破了嗓。

我躲到另一个摊子后面。忽然,我的手机响了。周围人群骚动。听说有人要跳楼。

是小刀! 他站在摊边小旅馆的四层楼楼顶的围墙上,一只人字拖鞋吊荡在空中。

“小刀,不! 不要——”我忘了接电话,冲过去,却被夹在人群里。我挤进人群中间,我大喊:“小刀不要跳,我在这里,我不回去!”可是,一只黑影从我眼前跌落,摔在地上,“啪”的一声响。我眼前一阵黑。

叫醒我的,却是小刀。他拎着一只人字拖,哭着说:“傻丫头,都是我的错,我没想到一只鞋能把你吓成这样! 你也不想想,我小刀是那样的人吗?”

我感觉小腹剧痛,低头一看,身下一摊鲜红。

“她流产了! 还不快送去医院?”一个阿婆摇头跺脚说,“这些孩子啊,真叫人堵心!”

我躺在病床上,迷迷糊糊听到老柴来了,他这趟做成了笔大生意。我听见他说:“小刀,我是不敢留你们了! 回去吧! 读书,种田,都行。”

“老柴,你知道海鲜为什么是腥的吗?”小刀问。

老柴没回答,拍拍小刀的肩膀,走了。他要找新人来代替我们帮他管海鲜摊。

而最终,老柴没有找到新人,小刀也没有回去。我一个人,带着打工的钱,回到县城的旅游学校学习旅游服务与管理。

半年后,老柴到柳州专搞海鲜店后,小刀把海鲜摊盘下,并为老柴供货。

小刀在一步步实现当初的设想。只是,我不知道他还记不记得他最讨厌的那个问题:海鲜为什么是腥的?

我倒是很想告诉他,米为什么是香的,果为什么是甜的。

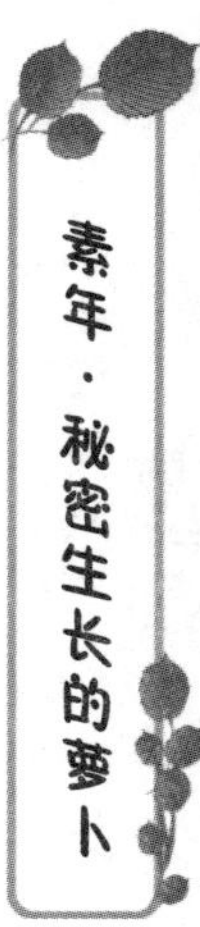

灵香草女人

唐丽妮

中午，赵小曼一个人，在城市的雾霾中游荡。

没胃口，连公司饭堂的门都没进，她却装得像刚吃饱的样子，跟随饭后鱼贯入电梯的同事，也进入电梯。

“赵姐，你脸色好苍白!”人群中，忽响起一声惊叫。

赵小曼不禁一把捂住了脸，冷冰冰的。没想到，晨起精心抹的腮红，竟熬不到半天光阴，就消失到茫茫霾霭去了。

心惊，肉跳。这一张比纸白的瘦脸，骤然暴露在众目下。

赵小曼很不自在，想避开。她习惯了一个人，习惯了被遗忘。

赵小曼常年独自待在办公大楼第十二层，顶楼。

顶楼有三大间，北边是公司的大会议室。南边，西大间，是由旧电话机房改换而来的杂物房；东大间，公司档案室——赵小曼的地盘：分四间，一间办公室、三间档案库，一溜儿的门串成一串，军绿色的档案柜也是一溜溜一串串的，进去，就像进了迷宫。

迷宫，赵小曼是不怕的，只是长年累月一个人在这里，难免寂寞。

以前，常有同事来借档案、查资料，抽空说笑一阵，日子就过得快。近年，国有大工厂变成了大公司，采用现代化管理了，赵小曼的纸档案也转换

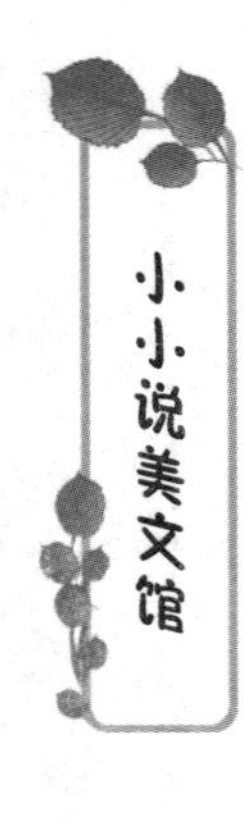

为电子档案，查阅档案在网上进行，人见不着面了，只见用户ID。

每年三四月，是移交档案资料的时间，各部门的资料员就一个一个抱着上一年的资料进来了。这是档案室的热闹期、青春期，人来人往的，有点儿办证大厅的味道。赵小曼忙忙碌碌地清点、接收，脸上就常常氲上激动的小红晕，甚至，倒春寒的天气里鼻尖上也冒出几点细汗。

这股热潮一过去，一下子，就又沉寂了。大楼里，最接近天空的地方，跟天空一样，是寂静的。

此时，电梯狭小，人言唧唧，赵小曼的鼻尖又要冒细汗了。她急忙从包里摸出一块糖塞进嘴里说："没事，没事！只是有点儿低血糖。"

电梯升一层停一阵，升一层停一阵，同事们三个出去了，两个出去了。

赵小曼一个人上十二层，顶楼。门一开，防虫药灵香草的香气就扑过来，像被关了一宿的孩童。

赵小曼早已喜欢上了这气味。香，古旧，仿佛钗裙沉静的古女子。二十年了，赵小曼就这么静静地坐在这里，浸满了灵香草的气息，仿佛已经变成了一株灵香草，防虫，百毒不侵的样子。

赵小曼最喜欢档案里的手书。在灵香草的氤氲气息里，不论美丑，在清一色的打印体中贸然出现，那些手书都别有风致。

雾霾漫在窗外，人的动静偶尔从楼下传来。十二层，寂寂无声。顶楼的光阴，似乎总比下面的慢，慢到常常被遗忘、被抛弃。

赵小曼停下手上的活儿，发愣。听一听，西头杂物房，有老鼠吱儿吱儿叫唤，似是小两口吵架，又似是商量吃喝大事。大会议室开会了，扩音器放出的回响，穿过厚墙壁，嗡嗡地进入赵小曼的耳道，听不清说的是什么。

不知怎的，赵小曼忽然感觉到无限悲凉。她趴在十二楼的窗口，透过灰茫茫的霾，看自己生存的这个城市，看远近的银行大楼、邮政大楼、快捷酒店、联华超市，看路上车来车往。而当她低头，看自己的同事身着西服在楼下来去匆匆，看下早班的身着蓝黑工装服的工人拖着疲惫的脚步慢慢走出

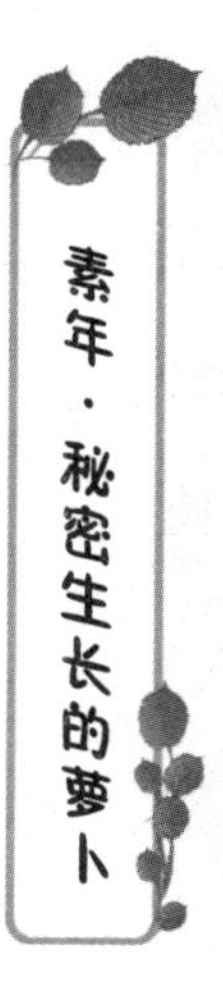

公司大门——他们，都比平时缩小了许多，仿佛还在不断变小——她内心就空荡荡的，竟然有一头扎下去的冲动。

但是，她可不能死，这么多年赵小曼是为儿子活着的。二十年前，她还没有工作，丈夫在车间的一次事故中死去了。公司问她有什么要求，她只说："我要把三岁的儿子养大。"于是，她就进了已故丈夫工作过的公司，走上十二楼，走进灵香草的气味里。如今儿子大了，似乎并没那么需要她了，复员后，在另一个城市打拼，极少回家。

二十年，七千三百个日与夜，一个女子最好的年华，消逝于无形。心底的荒凉，正如一座高速发展的城市，雾霾如影随形。

赵小曼穿过一溜儿的门，绕过一溜儿的档案柜，走到库房的深处，抽出一盒旧档案，瞧瞧有没有虫蛀，有没有发霉变脆。

忽然，她一阵眩晕，倚着档案柜软软地滑下去。

不远处，是火车站，一列高速动车正隆隆驶出城外，像是这个城市不断向外延伸的长臂。楼下，十几个部门几十台计算机飞速运转，销售的网点布到了西半球。没有人知道，在顶楼，一个迷宫般的大房子里，一个瘦弱的女人枯萎在地上，像一株远离深山的灵香草。

也不知过了多久，赵小曼悠悠地又兀自醒转过来，感觉像是睡了一觉。

窗外，日已西斜，下班的潮流早已过去。公司大门外，最后几个寥寥的背影在夕阳里，也缓缓消失了。赵小曼按按心口，定定神，依旧按习惯把档案摆整齐，把柜里一盒防虫药也拿出来，闻闻，打开，看看。

绿纸盒里，褐色的灵香草蜷缩着，枯，瘦，脆了，淡了，仿佛随着香气的消散，这皮与骨也要化成灰似的。

赵小曼全身毛孔唰地全立起来，一个寒战打出。

这天晚上，赵小曼没能睡好。第二个晚上，依然没能睡好。第三个晚上，赵小曼终于睡着了，还做了梦。梦里，一粒种子在她心里冒了芽，优哉游哉，长成了一株鲜活的灵香草。

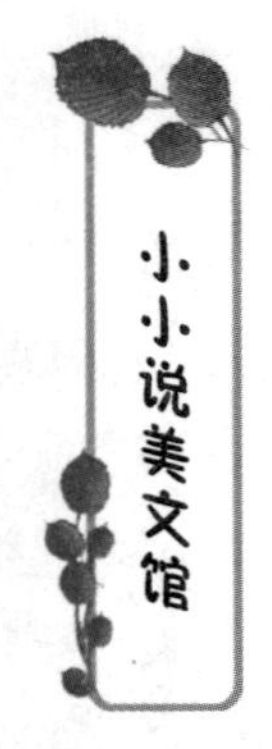

磨木头的女人

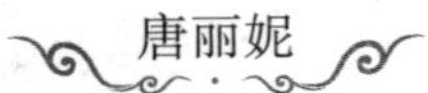

一个瘦草般的女人，在山顶上打磨方条木头。黑阳帽，大口罩，一把电动打磨机在手里握得很紧。

这是岭南的丹霞峰峦，冬阳微暖，北坡的风啸啸地吹过南坡，坡上的瘦松如波浪连横起伏。

女人手中的电磨飞旋，细碎的木屑从她脸前飞过，随风飘在斜照的阳光里，就像尘埃悬浮在半空。

早上，她喂饱鸡鸭，打发儿子上学，看看天，阳光是暖的，便把半瘫的婆婆抱到门前晒太阳，然后就上山了。那是一棵百年老榕树的东面，阳光会越来越暖和，老人手边有被子，困了，合眼就能睡。中午的时候，儿子放学回来，热好饭菜，会端给奶奶吃，然后，还会请求对门二婶娘帮忙把奶奶搬到里屋躺下。十岁的儿子，是她的半条命，连着她的心。半年了，儿子一直做得妥妥的，从未让她失望。

让女人揪心的，是屋里那个男人。

男人进城两年，上个月才回来——是被抬着回来的。他的两条水牛样的大粗腿，没了。头发乱成草堆，两只眼圈乌青，不见了神气。她的心发疼发酸，像拧成麻绳的腌白菜，酸酸的泪水洒落一地。

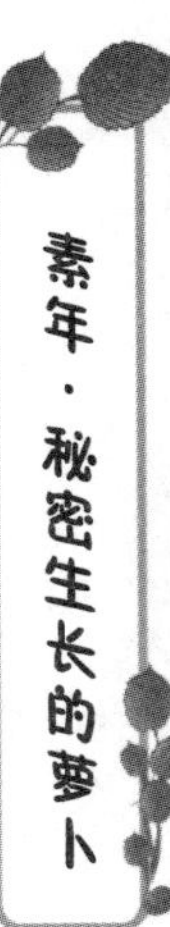

然而，他比以前更横。

今天，就在她上山做工前，他竟然把饭菜往她脸上泼："就这两丁肉，我是讨饭佬？嫌弃我了是不是？是不是！"

打磨机狠狠地磨出一处突出的疤眼，女人在心里嘀咕着："让你横！让你横！缺了腿，你还横！还敢横！还好意思横！"

夏天，她曾去过城里找他。

她说："山里到处砍树，修路，修亭子，锯木刨木就在山上，后山就有。后山就要开发成县里重要的旅游景点了。没几个男人愿意在村里待着，你回去做，就是顶梁柱，挣得不见得比你在这里少哩。"

他横她一眼："去去，啰唆，你那巴掌大的地方，能摆几日工？能挣几个钱？头发长，见识短！"

那会儿，他在城市的道路下挖污水处理的大沟洞。不知从哪弄的迷彩服、高筒大水鞋，浑身黄泥浆，硬茬茬的头发上也沾了几处黄色。他撇下她，昂头，梗着脖子，跳到那大沟洞里去了。

后来听说他又换到了别的工地。

劝不动男人，可夹到嘴边的肉，能不吃吗？她只好自己上山，学手艺，做

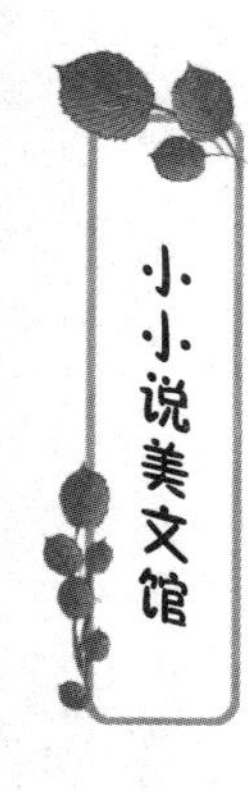

活儿。

这活儿并不难做，电动的机子，省力。清早，跟在背砖的马队后面，踩着露水上山；傍晚，又随着马队，披着晚霞下山。每日，站在红色的悬崖顶上，风来了风吹着，日出了日晒着，雨来了她就歇着。挺好的。

此刻，阳光薄薄地铺在身上，啸啸山风吹过耳际，这个瘦弱的女人，细长的腰身像芒草的叶子，弯弯弹弹。身后，是一树黛青的悬崖老松针；身旁，几堆光滑的方木头齐肩高。她手下这一根是半成品，一半光滑，一半还毛糙。

女人的表情藏匿于大口罩后面。

电磨机响动着，细屑纷飞，有淡淡的木香撒在风中。闻着口罩外这点儿香气，女人慢慢沉静下来。帽檐下，两只眼睛凝神于木头的棱角与毛糙，猛想起早上那一地碎碗片，他那双闲得无处安放的大手，那张扭成歪瓜的黑脸……

忽然，女人脸上泛起一层热，嘟哝一句："男人！男人！也就这熊样！"

她心里就汪了一池子水。这水在柔柔地流，流到手上，流到电磨机上，流到方条木头上，也流到世间万物上。

女人在风中直起了腰。

脚边一条小小的山道，道那边还有几个女人在磨木头，也有锯木头的。长长的小山道上，偶尔有人经过，修路的，种树的，零星游客。赶马的人则吁吁地吆喝他的马……

女人心上感觉到了暖意。

她想，今天应该早点儿回去，杀一只鸡，做顿好吃的，一家人都高兴高兴，这坎儿就算过了。对了，他腿没了，可一双手臂还粗壮得很呢，应该寻点儿好木料带回家，不能白瞎了他那木刻的手艺。

当年，她嫁给他，就是被他那份精巧的手艺迷了心窍哩。

最后一根方条木头打磨好了，在夕阳的霞光里，光滑水润，一如女人对于明天的憧憬。

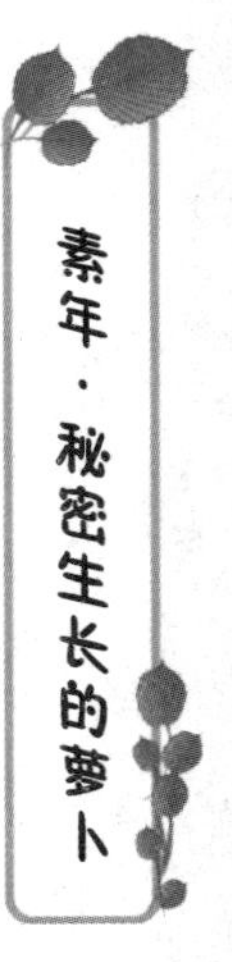

孤独者

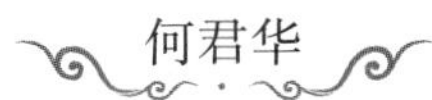

我们那儿的人管兄长的媳妇儿不叫嫂子,叫姐姐。所以我管安琦尔叫姐姐。

安琦尔姐姐是在哥哥失踪整整三年后,突然跟哥哥一起出现在我们家的。

三年前,在省城大学读土木工程系的哥哥突然决定放弃学业。他的理由是他无法将一生消耗在建筑工地上,他要当一名诗人。

我的家人当然无法接受这个荒唐的决定。父亲当即勒令哥哥立即终止这个荒诞的想法,否则就将他扫地出门。

哥哥则以一种极端的方式回应了父亲的命令,那就是选择自我消失。直到三年后突然回家,哥哥在此期间从未以任何形式出现在我们面前,甚至连一封信也没有。

父亲愤怒地说:"混蛋! 就当他死了。"

现在,哥哥回来了,而且不是一个人回来的。他声称安琦尔姐姐是他的媳妇儿。他十分严肃地把安琦尔姐姐领到我跟前说:"以后你就叫她姐姐。"我郑重地点头表示知道了。

哥哥是诗人,安琦尔姐姐也是诗人,但哥哥说安琦尔姐姐的诗写得不

好，至少写得没有他好。

我看过安琦尔姐姐的诗。那是一次放学后，我刚回到家里，安琦尔姐姐拿来给我读的。她拿出一个厚厚的笔记本，里面每一页都写满了诗。她翻开其中一页给我看，问我写得怎么样。

我记得那首诗的标题是“像一场雪一样孤独”，诗是这样写的：

日子重复，像流水一样简洁
不再议论，也不再抒情
一个人出门远行，偶尔忏悔
面对偌大的世界
习惯等待和绝望
习惯独处，却始终
坐立难安
像一个等待下雪的人
独自望着窗外，一言不发

我没有读懂，但我觉得安琦尔姐姐这首诗写得很好。

我就说：“写得特别好。”

安琦尔姐姐摸摸我的头，开心地说：“你也是个诗人。”

我吓了一跳，没想到我竟然也是一个诗人。一家出了两个诗人，我的父亲要是知道了肯定要气疯。

那个时候我还不知道安琦尔姐姐已经怀孕了。一个月以后我们才发现，安琦尔姐姐的肚子像镇长的肚子一样鼓了起来。我们都很害怕，但是哥哥很冷静，他很快便和安琦尔姐姐去镇上登了记。父亲的脸都气歪了。

结婚后哥哥每天都不出门，他所做的唯一的事情就是坐在房间里写诗。他说他在写一组惊世骇俗的诗。我问他什么是组诗，他说组诗就是很多诗，而且是很长的诗。

尽管哥哥声称一直在写那些惊世骇俗的组诗，但他从来不肯把那些诗

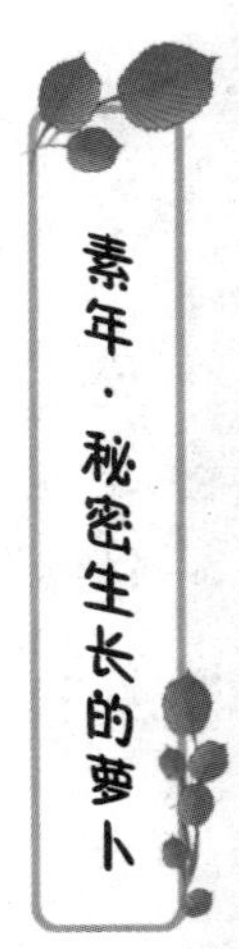

拿出来给我们看。

有时我会问他写得怎么样了，他的回答从来都是同一句简洁有力的话："还在写。"后来我便不再问了。

几个月后，安琦尔姐姐生了一个男孩。就在男孩降生的那天傍晚，哥哥又一次毫无预兆地消失了。父亲气得直跺脚，扬言一定要宰了他。安琦尔姐姐显然要冷静得多，她把刚刚出生的婴儿交给我的母亲料理，独自一人踏上了寻找我哥哥的无尽旅途。

我记得那一阵子，安琦尔姐姐总是急匆匆地出门，又总是垂头丧气地回来。直到一年后，她再也不出门，也不再写诗。

安琦尔姐姐一把火烧掉了那个每一页都写满了诗的笔记本。我觉得怪可惜的。

不出门的安琦尔姐姐每天都坐在院子里，手里抱着那个一年前出生的男孩，一动不动地晒太阳。有时我会走过去安慰她，告诉她我哥哥只是躲起来写惊世骇俗的组诗，等他的诗写完了就会回来。安琦尔姐姐仍旧一动不动，就像没听见我在说什么一样。她的眼神空洞地望着远方，好像一首遥远的诗。

朋友圈

何君华

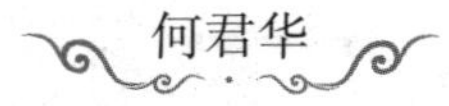

“说吧，什么时候的事？”刚一进门，衣服还没来得及换，我就迫不及待地问魏敏。

“什么‘什么时候的事’？”魏敏一脸不解地反问我。

“你还不知道吗？你和夏礼的事。”

“我和夏礼有什么事？你脑子有病吧？”魏敏气咻咻地骂道。

你看看，还没正式开始聊呢，魏敏已经急眼了。

“魏敏，你不要急。既然我打算跟你说这件事，我就是想跟你心平气和地谈一谈，把话说清楚，没打算跟你吵架。我们好好把这件事谈一谈，好吗？”我耐心地说。

“谈啥呀？你脑子有病吧？”魏敏还是一副气咻咻的样子。她平时可不是这样的，她平时从来不骂人，但这会儿已经连骂两次了。

看来我的猜测是对的——魏敏出轨了。想到这里，我心里一阵难过，但我还是强压痛苦，以一种刻意保持平静的语气继续说道：“魏敏，我们坐下谈吧。”

“坐什么坐呀？有什么话你给老娘说清楚。”魏敏看来真是气极了，说话已经完全不是平时的口气了——她可从来不自称老娘。

魏敏这是在虚张声势,她是没有底气了才故意这样大喊大叫地给自己壮胆。

魏敏浮夸的表演越来越坐实了我的猜疑,我心里突然有点儿悲凉。

“那好吧,你听我说。”我尽量使自己保持平静。

“知道我为什么突然拉你回来吗?”我问魏敏。

“我还想问你呢,你说你是不是有病,刚到人家家里没几分钟就要走,你说你是不是有病?”魏敏怒气冲冲地说。

“魏敏你不要急,你先听我说,听我说完你就知道我为什么要走了。我们在夏礼家不是用 iPad 给夏礼的儿子照了相吗?我想发条朋友圈。我刚准备问夏礼 Wi-Fi 密码,Wi-Fi 居然自动连上了。”

“你不是说要去看人家孩子的吗?怎么刚进门就只顾玩 iPad?”魏敏反问道。

“这不是问题的重点,魏敏,你不要转移话题。你知道 Wi-Fi 自动连上了意味着什么吗?这个 iPad 我可是第一次拿到夏礼家去啊。你说说,它的 Wi-Fi 为什么会自动连上呢?”我停了停,看着魏敏,魏敏并没有回答我的意思,我继续说,“这说明有人拿着它去过夏礼家啊。这个人除了你还会是谁?”

“你就是因为这个怀疑我的啊!我是拿 iPad 去过夏礼家,可我不是去跟夏礼约会,我是去看时伊的啊!”魏敏气得脸都紫了。

按说,魏敏这个理由也圆得过去,毕竟夏礼、时伊、魏敏我们几个都是大学同学,魏敏和时伊还是闺密,前半年时伊怀孕在家待产,魏敏过去陪她也算正常。可魏敏分明还在抵赖,为什么呢?因为我还找到了别的证据。我想,这个证据足以证明魏敏出轨了。

“魏敏,看来你一点儿诚意也没有。我都说了我只是想跟你心平气和地谈一谈。既然你这么不愿意承认,那我只好开诚布公了。”我还是尽量保持平静。

“我看你就是有病!你今天是不是吃错药了?”魏敏气冲冲地从沙发上站起来要走。

我拉住她,说:“坐一会儿吧,你听我把话说完。”

“有屁快放,老娘没时间跟你耗闲工夫。”魏敏极不情愿地重新坐下,但把脸别了过去。

“你知道刚才回来的路上,我为什么要看你的手机吗?你以为我是看你的通话记录?微信聊天记录?不,不是的,这些我都不看。我知道这些都没有,即使有也被你删掉了。那我看什么呢?”我问魏敏。

“没工夫跟你瞎猜。”魏敏显得越来越没耐心,表演也越来越拙劣了。

“好吧,那我实话跟你说吧。我用你的微信打开了夏礼的朋友圈,你知道我发现什么了吗?夏礼在朋友圈发的每一张图片都能直接打开,一点儿卡顿都没有。这说明什么?说明夏礼发的每一条朋友圈、每一张图片你都点进去看过啊,你随时都在关注他的动态。”我一边说一边看着魏敏,“没点过的图片总是要卡顿一会儿才能载入,点过的直接就能打开。魏敏,你说是不是呢?”

“我真是小看你了,你没去干私家侦探真是可惜了。”魏敏不由分说地从沙发上站起来就走,我试图拉住她,没拉住。

“魏敏,你好好想想吧,我们都想想,是哪里出了问题……”我还在说着,但门砰的一声被魏敏关上了,我不知道她听没听见我的话。

魏敏走后，我一个人坐在空荡荡的房间里。我感觉这房间比任何时候都要空旷，心也像被掏空了一般。一阵从未有过的巨大孤独感铺天盖地地向我袭来。我不知道我们的婚姻会走向哪里，是否已经结束了。

这么坐下去不是办法，我得找个出口。我想去找我最好的朋友何君华谈一谈。我打电话约他到卓亚龙虾馆见面。

已经十分钟了，何君华就坐在我对面一刻不停地刷着朋友圈，甚至没来得及看我一眼，甚至没问我找他来做什么。

“你能不能先把手机放一放？”我问。

“等会儿，等我发完这条朋友圈。”何君华头也不抬地回答我。

一阵没来由的怒火突然从我心头喷涌而出，我抓起何君华的手机一把摔在地上。

何君华显然不知道刚才发生了什么，他低头看了看地上已经被碎掉的手机，又抬头看了看我，一脸惊诧，一脸茫然。

我看官人哪里

赵长春

二月二,袁店河起春会。

春会是老会,辈辈,年年,一直传到现在。

春会,赶在农活前,又在春天头。风好,日好,水软,柳青,阳气动了,草冒芽儿,花吐骨朵儿,万物苏醒,包括人。

琴就是其中的一个,她心事如草。

琴十九岁了,是个大姑娘了,她能从别人特别是男人的目光中读懂自己的美好。琴就更有心事了,她还偷偷地在卦摊前算过一卦。报了生辰,人家就知道了八字,就给她说出了子丑寅卯,说她心有桃花,一朵一朵的,说得她脸如桃花一样红。

琴的心事是随着袁店河的春会发芽的,好几年了。

春会上,年年有三家剧团来唱戏,对戏,对着唱。豫剧、越调、宛梆,哪家唱得好,哪一家的戏台前人就多。琴专注,只看宛梆。前年、去年、今年她都只看宛梆。宛梆好听,是南阳的地方戏。琴觉得高腔大调,一声吼,叫人浑身酥麻。不仅如此,那个唱小生的,扮相俊,腔儿润,眼神水,出台走小步,还没有转过脸儿,就有了戏,背影也是戏啊。看见他出场,琴心里就尖叫一声:“啊呀,啊呀呀!”

张君瑞、杨四郎、薛丁山、王金豆、董永，小生唱得都好。那眉目、那嘴唇、那指尖、那步法，一招一式，都印在了琴的眼里。不，心里。不，脑海里。小生也唱陈世美，琴不高兴。为什么要唱陈世美呢？陈世美做了驸马，就不要妻儿了，就被包公给铡了……琴不愿意小生唱陈世美。可是，看着看着，眼里就又潮乎乎的，陈世美也不容易啊！

琴好，是个好女子。人们都说，谁要是娶了琴，那是祖宗三代修来的福气。去年就有人来提亲了，可是，琴心里搁下个人了，实实在在，满满腾腾。

那人就是小生。

二月初二到初七，就这么五天戏，是琴看小生的日子，看小生演戏、在袁店河边吊嗓子。琴真怕这个剧团没有被袁店河的春会"写"上，好在，这几年，年年都被"写"了，宛梆剧团就可以来唱戏了，小生就可以来袁店河了。

一大早，小生在就河边唱，空气润，宜吊嗓：咿咿，呀呀，嗯嗯……或者练功：前空翻，后空翻，车轮翻。翻着翻着，猛地收住，恰到水边。春天来了，水不凉了，沙软了，草芽芽像细小的锥子，红的、黄的、青的，顶着一两滴露珠。

琴在河边洗衣。河边有几块大石头，辈辈、年年，女人们都在这儿洗衣裳，有河水的香，有日头的香……洗着，琴看着小生，听他唱，看他跳跃，看他洗脸，看他把水撩在额头，一闪一亮。小生洗脸都有着戏味儿，好看。

小生发现了琴的目光，一笑。

小生知道这女子喜欢自己，她常站在戏台的前角，眼咬着他的水袖，咬着他的眼，看，笑。小生知道琴的名字，别的女子唤她时，他记住了：琴。

不过，小生内敛。小生常年唱宛梆，从戏里他懂得一些女子的想法。他洞悉一切，只是不说。他等琴说，他知道，琴会先说的。他也知道琴会要表达什么，只是不知道她会怎么表达。

"——哎，你唱得真好！"

小生就转了头，手在脸上一抹："谢谢！你长得真好看！"

一句话，把琴说得心慌作一团。她看看四周没有人，就站了起来，从身

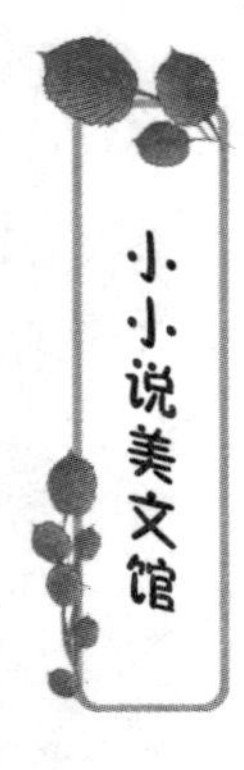

后竹篮里取出一双鞋，走过来："给，你穿吧，厚底子，布帮，好练功。"

这一下，倒把小生弄愣了。琴收了衣服，从他身边走过："放心，合脚。"

看着琴的腰肢，小生心里一跳。他坐在大石头上，比了比鞋子，大小不差啥。小生就脱了脚上的鞋，穿了琴的鞋，左脚，右脚，趾头拱拱，在石上轻轻磕磕，还有着新鞋子的硬，但合脚，很合脚。桐油浸过的底儿，厚道，还纳出了花纹儿，简笔的莲花。

晚场戏、夜场戏，小生唱得更出彩。台角前，琴的目光如水，缠绵着他的脚。小生没有换高靴，就穿着她做的鞋。

鞋子就是琴做的，一针一线做出来的。去年，小生在河滩上练功的时候，踩下了鞋印。琴用读中学的弟弟的尺子量了，左脚，右脚，量来量去……剪鞋样儿，糊袼褙，拧麻绳，纳鞋底儿。针锥扎了手，不疼。

在河边的竹林深处，小生噙住了琴的拇指，吮吸："疼不？"

"不疼。"

…………

春会完了，剧团走了，小生没有走。

小生和琴在河滩上对戏：

啊，我观娘子哪里？

啊，我看官人哪里？

娘子！

官人！

河水汩汩。波光明明。沙子软软。小草柔柔。竹林深深……

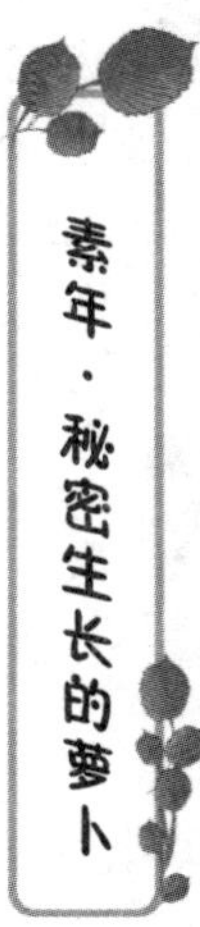

1976 年的饺子

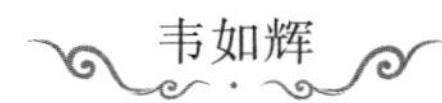

“头伏饺子二伏面。”

姥姥说这句话的时候,太阳已经挂在东南方向的树梢上了。阳光火辣辣,像抹上了一层辣椒粉,将一树的知了辣得嗷嗷叫。

姥姥开始剁馅儿、和面。

汗珠从姥姥的发际线出发,经过额头、鼻沟、嘴巴和下颚,最终落在面盆里。半盆的麦面,经过姥姥的手,变得瓷实而发亮,在闷热的空气里,散发着醉人的香味儿。

姥姥说:“孩子,姥姥马上教你包饺子。”

此时,在醉人的麦香里,我正在想一个问题:姥姥为什么这个时候包饺子?不是过年才吃饺子吗?过年吃饺子,是每个人童年时的梦想。那个梦想,在我的童年里,时不时冒出头来。

我说:“好,姥姥。”我的回答似乎很突兀,姥姥开始擀饺子皮了。

一群鸡从南面的树荫里赶过来,围着我和姥姥咕咕叫。大概香味儿也飘到了那片树荫里。没办法,谁叫它那么香呢!

姥姥包了第一个饺子。她取一张饺子皮,放在左手心里,右手将半勺饺子馅儿填进饺子皮里。先从中间捏起,而后两头,再往中间,反复捏紧。一

层层弧形的褶皱,把两头微微翘起的饺子打扮得十分妩媚。

我一边看着成形的饺子,一边看着笑容中的姥姥。姥姥的眉眼,透出洁净,被汗水洗涤过的洁净。

听老辈人说,姥姥是个太太,曾经的大家闺秀。

“孩子,你看,这饺子,好看吗?”姥姥问我。

姥姥的问话,似乎多余。我想说:“好看,跟姥姥一样好看。”可是,我没说出口。一个小学三年级的孩子,脑袋里装的不仅仅是亲情,还有一些不可名状的东西。

我只点点头。

一只大胆的鸡,突然伸出尖嘴,在饺子上啄了一口。

可怜的饺子,还没来得及过多地显摆,就受了伤。

姥姥愠怒:“孩子,看住鸡,这些捣蛋的家伙。”

我将鸡撵得嘎嘎叫,扑棱着翅膀跑远了。我仍不解气,拾起一块硬土,又送了它一程。

姥姥喊我:“孩子,回吧。吓着它们,没有蛋吃。”

姥姥继续包饺子。一会儿,一个锅盖上,便有一队士兵一样的饺子。

姥姥催:“孩子,学着,不难。”

我正喘着粗气。那只捣蛋的鸡,搞得我气喘吁吁。

我没忍住,问姥姥:“干吗这个季节包饺子?”

姥姥的眼神暗淡下去。汗珠跑到她的眼里,蜇得她眼涩。她说:“姥姥是四川人,四川人头伏吃饺子。”

这里却是安徽,距离姥姥的家,千山万水。

新中国成立前,姥姥逃难来到安徽,一生没回过四川,这是后话。

一树的知了,嗷嗷叫。这个季节,眼看要热死人呢。

饺子终于包好了。姥姥拍了拍手,可以烧水了。

两只大鹅大摇大摆地走过来,直奔那一锅盖的饺子。

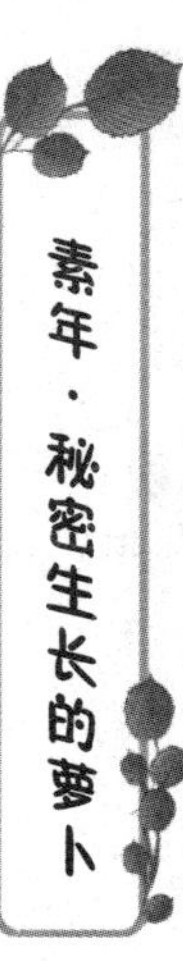

我抄起一根棍，随时准备与它们做斗争。

姥姥说："孩子，莫怕，大鹅不吃饺子。"

什么？大鹅不吃饺子？这香喷喷的饺子，大鹅竟然不吃？

果然，那两只大鹅，围着锅盖转着圈儿，仿佛它们是来保护饺子的。

水烧开了。姥姥在锅边对我说："孩子，把饺子端过来。"

"慢着！"随着一声断喝，董建国站在我们院子的阳光里。

董建国是我们大队的"革委会"主任。

姥姥慌忙从锅屋里出来，哆哆嗦嗦矮在董建国面前。

"秦迎春，你个地主婆！睁开你的狗眼看看，什么时代了，还过着剥削穷人的生活。"董建国怒气冲天，"走！马上、立即、现在，上大队部！"

董建国拽住姥姥的胳膊，不由分说往大队部赶。两只大鹅，追过去，啄董建国的腿。姥姥喊："孩子，管住鹅！管住鹅！"

一场轰轰烈烈的批斗大会，一直开到太阳躲进西山。

那一锅盖的饺子，被一群捣蛋的鸡们弄得面目全非。而后，又招来一群群乱哄哄的苍蝇。

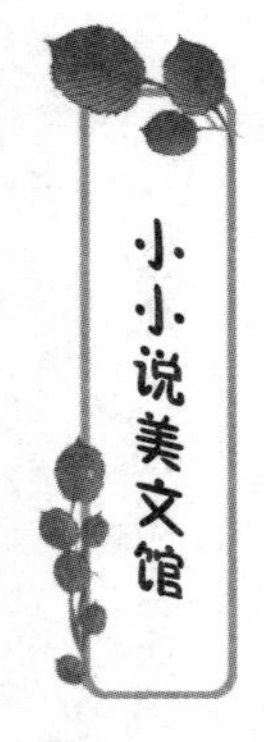

父亲与柳树

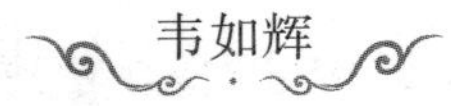
韦如辉

埋好爷爷,父亲在他老人家的坟上,插了一根柳枝。家乡有这样一种风俗,父亲也不例外。

经过一个真刀真枪的冬天,次年开春,柳枝竟然发了芽儿。

芽儿先黄后绿,在春风的吹拂下,慢慢伸出有力的手臂。

父亲在年后发现了柳树,当时惊得差点儿掉下眉毛。“咦……”他嘴唇打着哆嗦,眼睛却明亮起来。

在爷爷的坟前多烧了几刀纸,父亲双手合十:“爹,保佑子孙平安!”

父亲不分年节,跑到爷爷的坟前。瞒不过乡亲们的眼睛,人们脚跟着脚问:“不年不节的,烧哪门子纸?”

父亲不答,埋头走自己的路。脚下的土路,尘土飞扬。若是被追问得急了,他便拿眼睛瞪着人家:“你不孝,还管着别人孝敬!”

问者理亏,自觉无趣。

父亲除了给自己的父亲“送钱”,还有一个自己的秘密,给柳树松土施肥。父亲施肥的方法很丑陋,有辱先人的尊严。可是,他老人家固执地认为,他的先人会原谅的。所以,他每每在庄稼的掩护下,脱下自己的裤子。

柳树一年年长大,长到了碗口粗,赶上了轰轰烈烈的平坟运动。

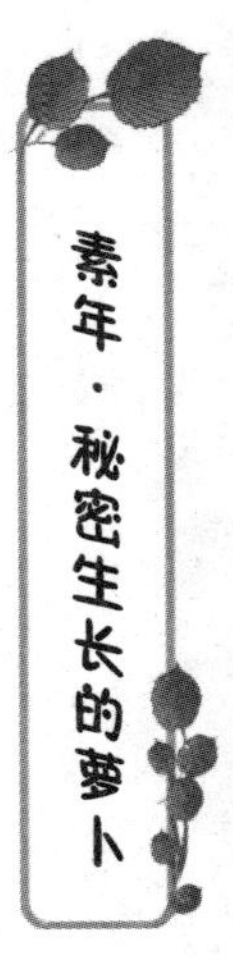

很多人家，都忙着刨树平坟，父亲却迟迟不行动。村干部三天两头来家里做工作，最后撂下狠话：三天之内，如不平坟，将老小定为“黑孩儿”。老小是我最小的弟弟，“黑孩儿”却是个特殊的时代产物，没户口没口粮。

这一招果然厉害。

父亲开始刨树。他先给他的父亲磕上三个响头，口中念念有词，而后，对着炊烟弥漫的村庄，骂骂咧咧。

一天一夜的工夫，父亲将那棵柳树放倒，移到门前的粪池边上。

得天独厚的肥料滋养，让柳树可着劲儿地长。从碗口粗，到一搂抱，别的柳树要付出十年八年的力气，而这一棵，仅仅用了五年。

五年里，父亲抱过它多少次？搂过它多少次？乃至悄悄亲过它多少次？只有他自己知道。或者说，他自己也未必知道。

事情就出在它长得快。长着长着，越过墙界，长到了人家地里。

说是人家，似乎见外了。人家不是别人，是我二叔。二叔与父亲，一墙之隔，一母同胞。

有一天，二叔来到柳树下，站到父亲面前：“哥，这树有我的一半呢。”

父亲正悠闲地站在树荫下抽着烟。二叔的一句话，差点儿让他掉了眉毛：“你说啥？”

二叔又说了一遍。父亲的烟杆，举过二叔的头顶。那一刻，父亲的目光翻越过二叔的头顶，定焦在怒目而视的二婶。一旦他的烟杆落下来，二婶就会像冲锋陷阵的战士一样打杀过来。

父亲选择转身离去。

父亲去找他的父亲。在他父亲的坟头，父亲杀猪一样地号叫。那个夜晚的村庄，注定是不平静的。父亲的号叫，惊得鸡鸭鹅及狗们，烦躁不安。二叔与二婶的叫骂声，不绝于耳。

经过长辈们的调停，父亲与二叔达成一个不成文的协议：每年，父亲给二叔家两袋小麦。

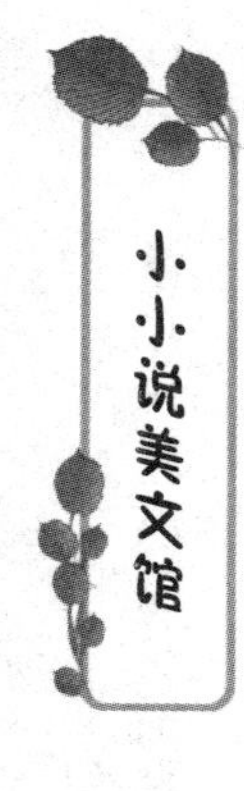

他们兄弟,由此各自独立门户,直到父亲死去。

母亲时常辱骂父亲:“报应! 倒霉! 活该!”

父亲将脑袋埋得很低,甚至缩进自己的裤裆里。

二叔个子小,窝囊,三十大几还没娶到媳妇,急坏了父亲。父亲出钱买了二婶,并帮二叔相了亲。

二婶上了当,没少恨父亲。

柳树依然茂盛,不因人间的恩怨情仇。整片树荫,像一个大大的麦场,将父亲与二叔的院子,庇护在它庞大的翅膀之下。

多少人来看过这棵树? 多少人来买过这棵树? 甚至多少人悄悄来这棵树下烧过香? 只有父亲自己知道。或者说,他自己也未必知道。

那一年仲夏,暴雨之前,电闪雷鸣。一道夺目的闪电劈过,接着传来一声惊人的雷鸣,伴随着“咔嚓”一声巨响,柳树被拦腰斩断。

父亲请人将半截柳树刨去,扔到泥塘里。他老人家经过三次化疗,已无力干他一辈子干不够的活儿了。

次年开春,我将柳树从泥塘里捞出来,开始给父亲打寿材。

叮叮当当的声响,使父亲翻来覆去睡不着。

寿材完工的那天,父亲胃口大开,吃了一碗饺子。最后,剩下的一口汤,他也仰起脖子倒进肚子里。

第二天,父亲没有醒来。

哦,忘了说了,头天父亲递给我空碗的时候,问了一句话:“寿材用啥料做的?”我回答:“半截柳树。”

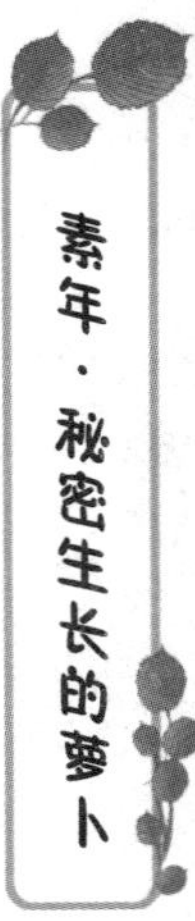

一路狂奔

韦如辉

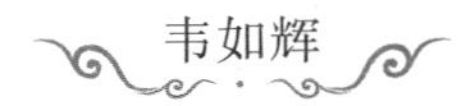

马小明坐在教室里,跟随着老师朗读《唐诗三百首》里的李白名篇《望明月》。

毛校长"聪明绝顶"的脑袋在后窗外冒了出来。他敲了敲玻璃框,用眼神和手势,将扭头望着窗外的马小明叫了出来。

马小明和毛校长一前一后,走到操场的花坛边。毛校长慢慢蹲下来,脸对着马小明的脸。

毛校长问:"马小明同学,你想妈妈吗?"

听到"妈妈"两个字,马小明如水一样的眼里,闪烁着星星一样的亮光。

马小明使劲地点点头。

毛校长接着问:"想见妈妈吗?"

马小明的眼里更加明亮了,仿佛两盏灯挂在他的脸上。

这一次,马小明没点头。他用双脚轮流蹭着操场,头低下来。蹭着蹭着,他眼睛里的亮光被蹭了下来。

毛校长抚摸着马小明的头说:"孩子,我马上带你去见妈妈,好吗?"

马小明猛然转过身,穿过学校半掩的大铁门,鸟儿一样向东南方向飞去。

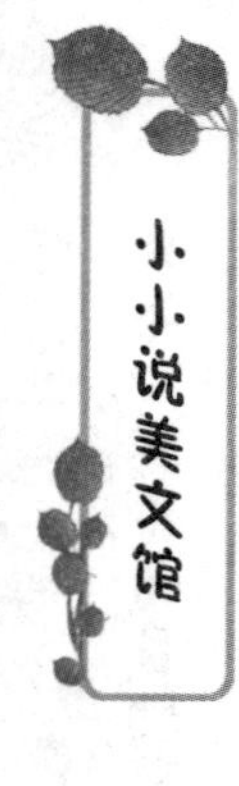

毛校长从地上跳起来喊:“马小明同学,你等等!”

马小明没有心思再等,根本等不及了。马小明想,一定要尽快将这个消息告诉奶奶。

马小明跑得很快,脚下的尘土噗噗扬起。一颗颗石子,从马小明的脚下飞起,跳到庄稼地里,发出一串清脆的声音。

马小明脚下生风。遇到道路拐弯抹角时,他干脆踏到路边的泥地里。

再遇到一条小沟,桥就在不远的那边。可是,马小明心急如焚,他下到水里。沟里的水很静很柔,在缓缓地流淌。沟水被马小明快速运动的双脚,搅出一条条银白色的锦缎。

马小明跑掉了一只鞋,在跑进第三块玉米地时摔了一跤,左手心里渗出鲜血。

马小明推开院门,奶奶不在家。蹲在院墙外的瘸三爷说,奶奶在庄东南的玉米地里。

玉米长到半人高,正是喝水喝肥的时节。

奶奶在给玉米追肥。奶奶先用手在玉米棵旁边挖一个小坑,将尿素丢进一小把,再用脚将土填上。

马小明气喘如牛地跑到奶奶跟前,断断续续地说:“奶……奶奶,妈妈回来了。”

奶奶低头忙活儿。马小明的惊叫,并没有在奶奶的脸上惊起波澜。

马小明大声说:“我想去见妈妈!”

马小明十分想见妈妈。他一路狂奔,就是要在见到妈妈之前,回来告诉奶奶一声。

奶奶在家管他吃住,供他上学,给他穿衣,他必须赶回来告诉奶奶。

奶奶抬起头,一脸疑惑地望着马小明,嘴里嘟囔着:“怎么可能?”

马小明挺直一鼓一鼓的肚子和一起一伏的胸脯说:“是毛校长亲口告诉我的!”

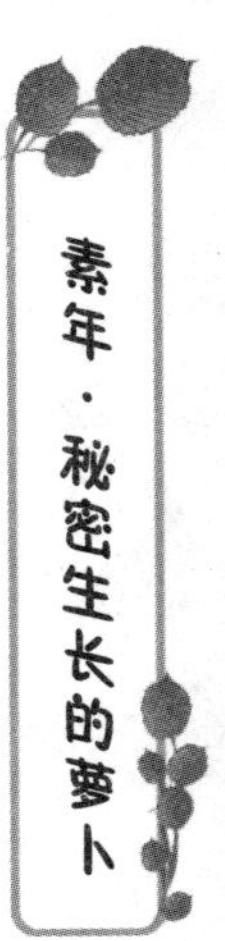

“毛校长?”奶奶问,“哪个毛校长?”

马小明有点儿急了,结结巴巴地说:“毛校长你不知道?就是毛蛋的二大爷。”

奶奶似乎记起来了,自言自语地说:“那个‘四眼’,小名叫二狗子的?”

马小明气得哼了一声,转身跑回家里。家里有一条红纱巾,是妈妈临走时留下来的。

马小明找到那条红纱巾。红纱巾很红,只是压在床底下时间长了,太皱巴。

马小明将红纱巾揣到怀里,鸟儿一样飞出家门。

太阳已经升到马小明的头上,光线毒辣,怎么躲都躲不过去。

冲着学校的方向,马小明不再犹豫,一路狂奔。

穿过村庄,穿过小桥,穿过小路,穿过小沟,穿过三块玉米地……马小明跑到学校的大门口。

毛校长坐在行驶的车上,正从学校出来。车上除了毛校长,还有几个笑容如花的孩子。

马小明停下脚步,愣住了。

毛校长边招呼孩子们坐好坐稳,边督促司机加快速度。

今天,市电视台要搞一个直播节目,让全市留守儿童的代表在电视里找妈妈。

载着孩子们的车子一路狂奔,扬起一路尘土。

飞扬的尘土里,马小明一路狂奔地追赶。

可是,被尘土迷了眼,马小明一跤摔在硬地上。

从马小明怀里飞出来的红纱巾,如一摊鲜血,在他眼前的尘土里飘荡着。

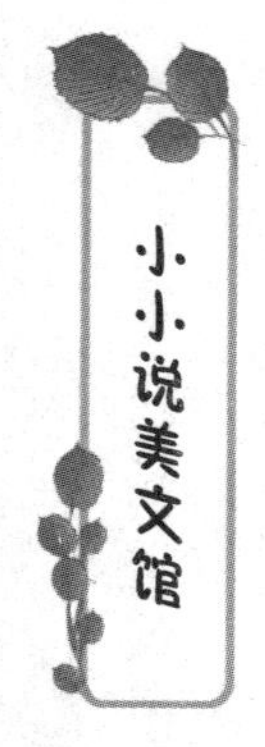

我们都爱张二狗

邓洪卫

下午六点钟，我下楼，沿人行道北行。过一条马路后，路窄起来。没有人行道，人车杂行。其间，我拐到一排店铺的门口，但没走几步，又拐到路上。走了两百米，转而向东，又走两百米，来到一片宽阔大道前。接着沿路西人行道上坡，往一座大桥上走。上桥之前，我到路边的冬青树后撒了一泡尿。有人骑车从桥上下来，伸头瞪我一眼。我毫不理会，整理好继续前行，下桥，过马路，进入"张二狗"。我看手机，六点十九分。

"张二狗"不是人，是个排档。"张二狗"排档的老板叫张二狗，当然是个人。红布棚子外面印一行字：张二狗特色猪脚砂锅，表明这家店的猪脚砂锅非常好吃。内里摆七八张桌子，已经爆满。我挤到最里面一桌——已坐着一对中年男女，看上去四十多岁。男的较胖，女的瘦弱。女的抬头看我一眼，便低下头把一块猪脚塞到嘴里。这里的猪脚不用啃，烀得死烂，筷子一挑，就离骨。即便没离骨，舌头轻轻一搅便骨肉分离，吃下去的是肉，吐出来的是一块块小碎骨。我起初吃不惯，认为到嘴里没有嚼劲。我喜欢吃卤猪脚，啃起来过瘾，但后来还是喜欢上了"张二狗"。因为卤猪脚吃到嘴里都是作料的味，"张二狗"的猪脚吃起来，才是正宗的猪脚味，有一种涩涩的香味。

一个胖老太太走过来。我每次来，她都乐呵呵的。如果她在大户人家，

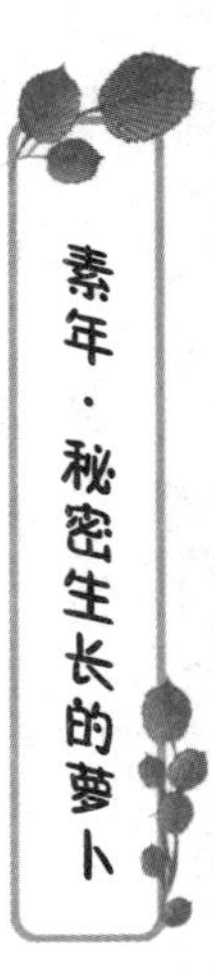

一定有雍容华贵之态。可惜她没这命，只得身穿普通的棉衣，系条普通的围裙，端锅碗，穿行于食客之间。

我说："来个猪脚砂锅吧。"

她说："别的呢？"

我说："再等等。"

我在等我的女朋友。我们俩一起出门。我打南边来，她打北边来。南边是市区，而北边比较空旷，已是城乡结合带。她出厂区就要走五六分钟，然后过两条街就到了。那两条街以前是步行街，曾经繁华，现已凋零。我女朋友穿过那两条留下她多少青春记忆的商业街，会不会缅怀已经逝去的青春而惆怅不已？我曾陪她走过那条路，她讲给我听，这是什么时装店，那是什么皮鞋店，她一有空就到这里来试衣服，往往试半天，一件也没买。而现在，那里只剩下一些五金店，还有花圈店、寿衣店，死气沉沉。

果然，她跟热气腾腾的猪脚砂锅一起进来。砂锅汤白白的，一只猪脚静卧在汤中的白菜与粉丝之中。女朋友吸溜一声。她胃口大开。

我又点了两个菜，韭菜蚬子、雪菜黄鱼，都是女朋友所爱。又炒了一个菠菜，她喜欢绿色。女朋友让老太太拿两个杯子来，边说边从包里掏出一瓶黄酒。对面那女的看了我女朋友一眼，又看看她的胖男人。她的胖男人也正在看我女朋友，看他女人看他，立即把目光从我女朋友那儿收回。我笑了。

对面那女的，吸溜了一口汤，说："要不你来口汤吧？"

胖男人咽口唾沫说："算了，来时量了，低压都超过100，都忍到现在了，等你喝完了就好了。"

那女的笑，又吸溜了一口汤。

我女朋友拿起筷子，夹了一块肉放到我面前的碗里。我忽然想，如果哪天，我的血压也高了，不能吃猪脚，不能喝酒了，那日子多么难过啊。我听到那胖男人又咽了下口水。

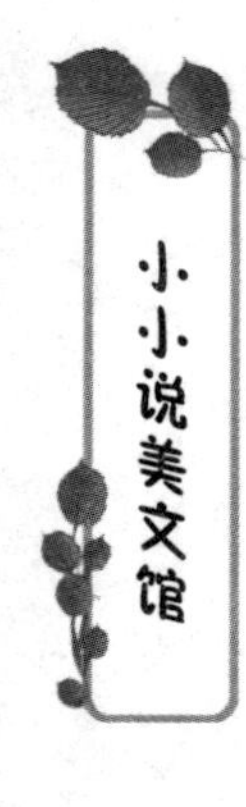

看到这个男的，我忽然想起张二狗。每次来，都是一老一少俩女的，老太太在里边忙，中年妇女在外面烧菜，怎么从没见过张二狗？我禁不住说出声来。

对面那个女的放下汤勺说："其实张二狗早就走了。"

我一惊，有一种不祥之感，说："走了？"

"私奔了，有一个女的老来吃猪脚，喜欢上了张二狗。后来，张二狗丢下他妈和媳妇，带着那女的，跑了。"那女的说。

那男的喉咙又响了一下，女的舀了一勺汤递去，叫道："喝一口，就一口，死不了。"

男的伸过头，把汤勺含在口中。

女的收回勺子，狠狠地瞪了男的一眼："你是不是也想跟张二狗学，跟哪个小婊子私奔啊？！"

我女朋友笑了。

我们又要了一份猪脚，但没吃完。每次都是这样，吃一份不过瘾，第二份又吃不完。我常常想，其实吃一份就够了，但我不想省那份钱。

吃完，我们离开。比我们先来的那对男女还没走。我不知道他们要在那一份所剩不多的猪脚汤面前等到什么时候。

我往南走，女朋友往北走。我喊她，她好像没听见。我看到她拐过一条街，消失在一片建筑中。我只好上桥。走到桥正中，我对着河水撒了泡长长的尿。我早就想在这座桥的中间撒尿了，可是每次来时，没有胆量，有时喝了点儿酒，有胆量了，女朋友一般都跟过来，我又不好意思。现在，我终于旁若无人、痛痛快快地撒了一泡尿。河面上传来响亮的声音，好像猪脚的骨头落在碟子里。

路上，我在一家超市的门口站了一会儿，超市已经关门，上面贴着封条，还有一份告示，大意是：该公司存在重大火灾隐患，必须停业整顿。落款为某某市公安局。

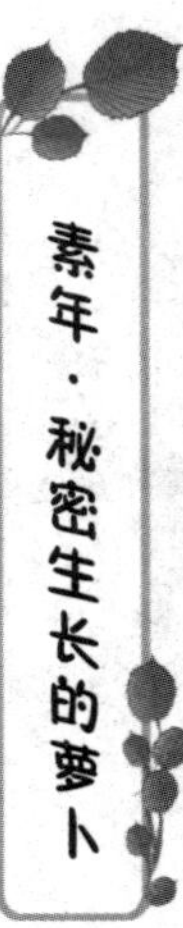

该来的终会来，该走的也应该走。我就是这家大型超市全省片区的一个中层，因工作关系，经常行走于全省各个城市。而由于某个国际事件，该超市已经走上绝路。这也是我最后一次履行职责。

回到宾馆，我拿下行李，到前台结账，打的往火车站而去。

火车票是四个小时后的，我本来可以跟女朋友痛痛快快最后做一回爱，把自己掏空了再走，可是她没有跟过来。

司机说："现在这时候往火车站正好堵，您不着急吧？"

我说："不着急，时间还早。"

司机说："下次您再来就好了，高架通了，从这儿上去，十分钟就到了！"

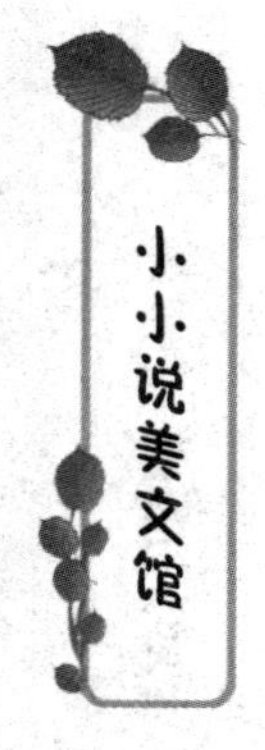

我们都爱老太太

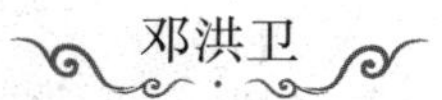
邓洪卫

小区门口向北,有一家药店,叫春天大药房。

我写到这里的时候,老家县城的一个文友群里,一位前辈说:“春天经过我家门口。”

立即有人附和:“好诗意,好温暖。”

我像春天一样笑了。

我晚饭后闲逛,经过“春天”的门口,必进去一坐。原因有三:一是用电子血压计测量血压;二是用电子秤称体重;三是跟也来量血压、称体重的老太太聊聊天。或者还有四,那个在门口收费的女孩经常冲我莫名其妙地笑一下,仿佛对我有点儿意思。这可以忽略不计,因为到现在还没有意思。当然,我更喜欢跟老太太聊天。

跟她们聊天,倍儿轻松。有时候坐公交车,我也喜欢坐在老太太旁边,这样安全,避嫌。有一天,我刚坐下,旁边的老太太就跟我聊上了。

“早上出来走走?”她说。

“是啊,走走好,这么好的阳光。”我知道这只是开篇。

“顺便到北边拿些东西。”果然,她接着说。

我注意到她脚下有一大包东西。

“鱼啊，肉啊，海货啊，都是春节时南边放不下，放北边了。”她说。

“这么多啊！”我故作惊讶。

“吃不下，”她说，“北边是我们的房子，南边是儿子的房子。”

“回去做饭给儿子吃？”我问。

“做饭给自己吃，”她说，“儿子一家在南边，孙子也在南边，过年才回来。”

“南边？”

“嗯，深圳。”

“深圳好啊。”我感慨。

“好什么呀，太忙，就为那点儿钱。”老太太撇了撇嘴，“南边的房子大，二百平方米，我跟老头子两人住，没事这屋到那屋，那屋到这屋，再下去逛逛，再上来做点儿吃的，每天这么过，自在。”

“享福！”

“那是，享福，再不享福到什么时候啊，我都八十了。”

“您看着像七十。”我捧道。

“没心思嘛，他八十二了。”她一指对面座上的老头儿。老头儿睁开眼睛笑了笑，又闭上眼睛。

多么让人羡慕的老太太呀！

常来“春天”的有两位老太太。一位瘦点，爱喝酒，血压正常；一位稍胖，不喝酒，高血压。

“就是爱喝酒，喝点儿酒，吃块红烧肉，美，再用肉汤泡饭，这日子还要怎么过？”瘦老太太说。

“真有口福，她那么吃都不胖，我喝凉水都长肉。”胖老太太说。

“我一天两顿酒，中午一顿，晚上一顿，每顿不多喝，二两半，一瓶酒喝两天。儿子孙子来家看看，不带别的，就带酒，成箱的酒从车里搬下来。”瘦老太太说。

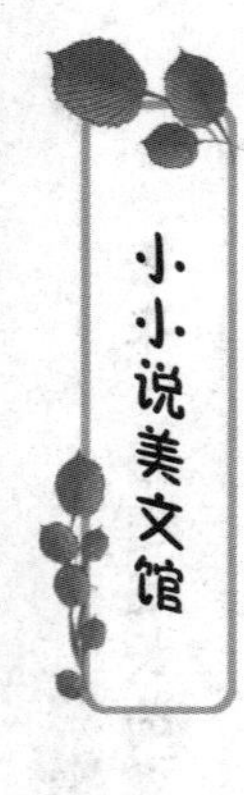

“二两半对她来说就是过个酒味儿,她能喝一斤。”胖老太太对我说。

“那是来客人了,陪客人喝。老头子不喝,儿子也不喝,一家就我一人喝,我不陪谁陪?”瘦老太太说。

“一般客人都喝不过她。”胖老太太说。

“反正没遇到过对手。有一回一桌客人都被我喝趴下了,我跟没事人一样,又倒一杯,自己喝。”瘦老太太颇为自得。

“老头子夸她:‘老伴儿,你真能干。’又到厨房给她炒个菜,看她喝。”胖老太太说。

“老大大真不错,自己都不喝酒。”我感叹道。

“我倒希望他能陪我喝两杯呢,他一口都不能喝。”瘦老太太撇了撇嘴。

“有时酒量是天生的。”我说。

“后天培养也很重要。我的呢,是家传,我爸就爱喝酒,天天喝。四岁时,爸爸就让我喝酒了,到现在,快七十年酒龄了。”瘦老太太说。

“您老七十多岁了?”我问。

“七十三,可要注意了啊。”胖老太太乐呵呵地说。

“没事,我有信心,活到老,喝到老。”瘦老太太说。

“她这么喝,身体特别好,指标都正常。”胖老太太说。

“我那心脏,医生说相当于三四十岁人的心脏,充满活力。”瘦老太太说。

“她肯定长寿,活一百岁没问题。”胖老太太说。

“那是小目标,我爸爸活了一百零一岁,前年没了,记者采访他长寿秘诀,你知道他怎么说的?”瘦老太太说。

“喝酒!”我和胖老太太异口同声。

瘦老太太幸福地笑了。

有一次,瘦老太太问我:“你喝酒吗?”

“喝点儿,但量不大。”我谦恭地说。

“好,有空咱俩喝一场,我请客。”

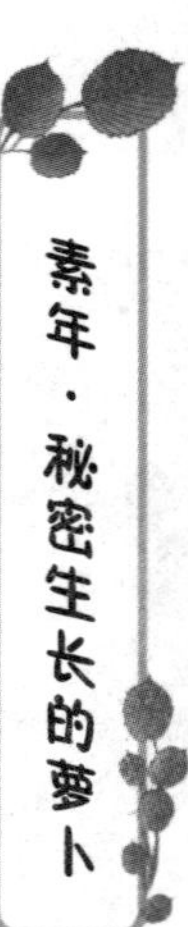

“哪能让您请,还是我请。”我越发谦恭。

“谁喝得多谁请。”瘦老太太说。

其后,我生病了,在医院住了两周,在家又休息两周。一个月后,我到“春天”,只看到胖老太太,没看到瘦老太太。

“她呀,住院了。”胖老太太说。

“咋了,她不是挺好的吗?”我一惊。

“唉,心脏病,还是先天性的,什么房缺,就是心脏缺一小块。”

“医生不是说她的心脏相当于三四十岁人的心脏吗?”我问。

“体检就是查查心电图,心电图正常。那几天她老心慌,身上还肿,儿子把她送到医院,一查,先天房缺。医生说,要是年轻时,做个什么介入手术就行,很简单,如今这么大岁数了,谁敢做?”

“那怎么办?”我问。

“就没做。她还问医生,能喝酒吗?医生说,不能喝酒。她说,我都喝七十年了,咋没事呢?医生听了,愣了半天,没说出话来。”

“那我去看看她。”我说。

“你别去,她看到你,就想起要跟你喝酒的事儿,会不舒服。”胖老太太说。

其后我出差半个月。再到“春天”,胖老太太说:“她走了,出院后,偷偷躲房间里喝酒,喝了一瓶,躺下睡觉,就再也没起来。”

“到底没跟她喝上一场酒。”我叹了一口气。

“你怎么老一个人?从没见过你家那口子。”胖老太太问。

我没有说话,只在心里说:“等我老了,也找一个爱喝酒的老太太,相坐而饮,那是多么幸福的事啊!”

我们都爱管闲事

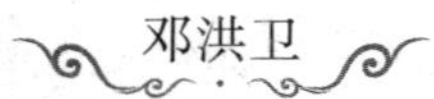

从县城乘中巴回镇上的家,我坐在最后。

车发动前,上来一人,我认识,是我们村里的小顾三。

说是小顾三,其实比我大两岁。小时候常在一起玩,他个头高,敢说话,是我们几个玩伴的头儿。我们喜欢跟在他后边混。在学校里挨欺负了,就去找他,让他为我们报仇。小顾三到我们教室门口,用手指点:“呔,那谁,你给我出来!”“那谁”早就被吓得屁滚尿流,趴在桌上大气都不敢喘。我坐在那儿,颇为得意,扬眉吐气。

这里说两件事。

第一宗。一天晚上,我们跟小顾三一起去看电影。那时候小,喜欢到各村去看那种露天电影。那天放学前,吴庄的同学就说,今天晚上,他们庄放电影。回到家,吃过晚饭,我们就在小顾三的带领下,浩浩荡荡奔吴庄而去。电影叫《黄英姑》,打仗的片子。一会儿马上,一会儿步下;一会儿地主,一会儿土匪;一会儿八路军,一会儿国民党;一会儿深山,一会儿平原。好不热闹,让人眼花缭乱。演黄英姑的演员十分漂亮,英姿飒爽。特别是在马上枪战的场面,让人热血澎湃。这片子,我们都看过好多遍,每次看都津津有味。其实最有味的不是电影,而是大家在一起玩时的快乐。

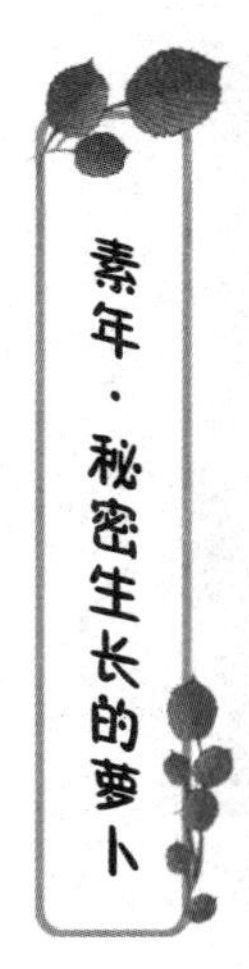

看了一半，放映机出了故障，画面卡在那儿，放不出来了。放电影的吴光捣鼓了半天，也没捣鼓好，只得沉痛宣告：今晚电影到此结束，再见。

于是众人就散了。我们虽不想散，但也无奈。正往回走，却看到一伙人围在一起。我们赶紧挤进去，原来有一个人的自行车脚拐不知碰到什么外力，拐里边去了，脚拐转到一个地方，就被挡住，转不过来。自行车主人用力扳这个脚拐，无奈气力太小，怎么也扳不动。旁边人看热闹，支招，都没有用。

此时刻，人群中有一人发话："这有何难，我只需略施小力，就能将其扳正！"

大伙儿都看这人，原来是一个黑脸壮汉。

大伙儿道："那你扳呀！"

那人哼了一声："哪能白使力气，我不多要，五块钱即可。"

众人看自行车主，车主犹豫不决。

小顾三在一旁言道："你要有力气，就学雷锋做好事，扳过来。只怕你是吹牛皮的吧。"

黑脸壮汉不悦，说："我要是扳过来怎么说！"

小顾三说："说明你有力气呗，能怎么说？只怕你扳不过来。"

黑脸壮汉扳也不是，不扳也不是。

小顾三冷笑一声，走出人群。

我们也哄笑着跟着小顾三往回走。

没走几步，忽听身后有人叫道："留步！"

我们回头一看，正是黑脸壮汉。

那厮抢步上前，对着小顾三，当胸就是一拳。

小顾三跌坐在地。

那厮转身阔步而去，消失于茫茫黑夜中。

好半天，我们才，扶起小顾三。

大家闷闷不乐往回走，再也没有来时的兴高采烈。

另一宗事跟这一宗差不多，也是看电影。一年春节，在电影院，不知怎么有两人电影看不下去，在影院门口打了起来。小顾三好热闹，在旁边看。别人只看不说，他却按捺不住，在旁边点评。

“这一拳打得好！”

“这一脚尚欠力度！”

打架的两人起先并不介意，越来越觉得不对劲儿。两人同时跳出圈外，互使眼色，一齐挥拳打向小顾三。可怜小顾三哪里是两人对手？瞬间被打倒在地，脸上万朵桃花开。

这都是三十年前的往事了。

那一天在车上，小顾三搬着一箱酒上来。我本想跟他打个招呼，怎奈离得太远，他也没注意到我。我就想等下车再说吧。

车到中途一个镇上停了下来，下去了几个乘客。车主想再上几个客，就有意多等了会儿。

忽然有人吵嚷起来，原来路边超市门口有人打架，声音越喊越大。有几人见车还没走，就下车去看。

两分钟后，车主喊：“走了走了。”

几个人又上了车。车子继续前行。

十分钟后，车子到我们的小镇，我到前面下车，却找不到小顾三了，但那箱酒还在。于是明白小顾三中途下车看打架，忘了上车。

我对车主说：“你们落下一个客人。”

车主说：“好像是的。”

我想了一会儿，说：“我跟他一个村的，我把他东西搬下来，在路边等他。他肯定会跟下辆车过来。”

车主求之不得：“谢谢！”

我把酒搬下来，站在路边，面向西方，等待。

愿他能完好归来。

马哈的谎言

李伶伶

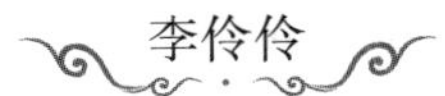

马哈躺在山顶的草地上发呆，身边是他的羊群。放羊的时候很寂寞，以前他会对着羊群唱个歌、吹个口哨啥的，现在没心情。此刻的他，躺在地上，望着空阔的蓝天，脑子里什么都没想。

似乎有脚步走近，他没理。找谁也不会找他，他一没钱二没权，普通老百姓一个，谁会来找他？可是脚步声在他身边停了下来，不得已，他歪歪头，看看来人，居然是柳梅！他吓了一跳，赶忙从地上起来，站到柳梅面前。

马哈知道柳梅会来找他。当初马哈斩钉截铁地决定跟她私奔，也说过会让她幸福，却在火车站临阵退缩，不告而别，换成谁都会把这事问个究竟。但是柳梅一直没问，说明她心里一直恨着他。现在她能来找他，可能跟他前些天救了她有关。

大约半个月前，马哈赶着羊群回家，路过柳梅家地的时候，看见柳梅一边在地上打滚儿，一边呻吟。柳梅的丈夫孙二去城里做瓦匠活儿了，早出晚归的，地里的活儿都是柳梅一个人干。所以，她生病了，也没人及时发现。

马哈见状，赶忙丢下羊群，跑过去问她怎么了。

柳梅疼得头上直冒汗，见是马哈，有气无力地说："走开，不用你管！"

马哈没听，抱起柳梅就往医院赶，羊群也不管了。

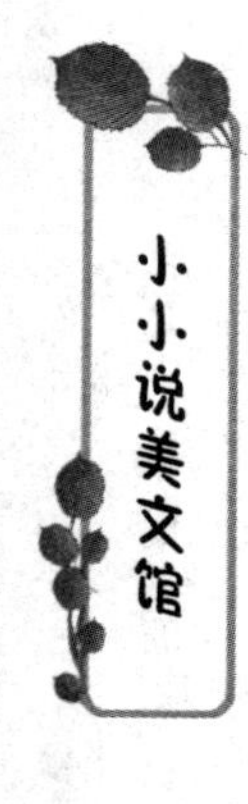

柳梅得的是急性阑尾炎，幸好送医院及时，要不然疼也疼出个好歹来。马哈把柳梅送到医院后，给她丈夫孙二打了电话。孙二从城里赶回来后，他就从医院出来了。他没等柳梅做完手术，也不能等。

马哈回到家时，菊英正气呼呼地骂他呢。

见他回来，她抄起炕上的笤帚就打他，一边打一边骂："你个骗子，说好不再见她，还去见！"

马哈见菊英这样，想起刚才在医院，孙二见到他时愤怒仇视的眼神，就知道他们都误会他了。

马哈说："不是特意见的，是碰巧看见的。"

菊英不信，继续冲他发脾气。

马哈不再解释，出去找他的羊群了。

流言再次风起。马哈有点儿无奈。制止流言的最好方式就是保持沉默，所以马哈每天该干啥干啥，不理别人说什么。

听说柳梅的手术做得很成功，听说柳梅的刀口恢复得很好，听说柳梅出院回家了，听说……但是马哈没有去看她。他不想让流言再起，也不想让日子变得这么沸腾，更不想让柳梅的儿子失望——他曾向这个追到车站的十五岁少年承诺过，他不会再去找他的母亲，也不会把他母亲从他身边带走。所以，他心里即使再担心牵挂柳梅，也不会去看她。他希望日子能复归平静，他现在需要平静。

但是柳梅来找他了。柳梅比以前瘦了，脸色还有点儿苍白。每个被疾病打倒的人，都需要时间恢复。柳梅也需要。她还没有完全恢复。柳梅这么急地来找他，说明那个问题在她心里再也憋不住了。

看到柳梅来，马哈并没有躲。没有躲她的人，也没有躲她盯视的目光。

柳梅盯着马哈说："我就问你一句话，那天在火车站，你为什么不告而别？"

马哈知道柳梅会这么问，也知道自己不会说真话。

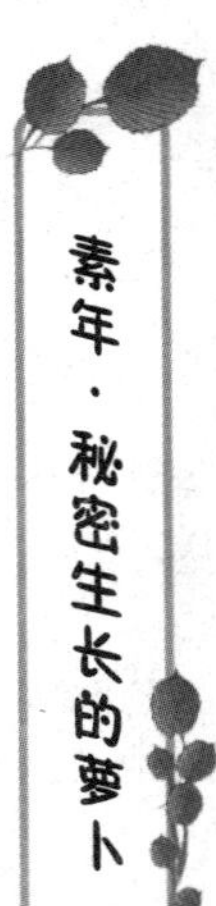

果然，他听见自己说："我从厕所出来，肚子咕咕叫了几声，我忽然想吃菊英烙的韭菜盒子。我跟你说过吧，菊英烙的韭菜盒子很好吃，比你烙的好吃。"

马哈说得很认真，很诚恳，连他自己都以为是真的。

柳梅忽然就哭了，眼泪无声地从她的眼睛里流出来，像他第一次看见她流泪时一样。

马哈心里很疼很疼，他想帮她擦干眼泪，然后把她抱在怀里，告诉她："我骗你呢。"

但是他没有。

他站在那里，一动也没动，好像对柳梅的眼泪无动于衷，还用没有温度的语气跟她说："别哭了，哭坏了身子还得去医院，本来身体就不好。"

柳梅听后转身走了，头都没回。

马哈看着柳梅走远的背影，也忍不住流下了眼泪。他一生说过很多谎话，没有一次像这次一样，让他的心这么疼，疼得无以言表。但是马哈没后悔，就算柳梅问他一千次，他也会这么回答一千次。因为只有这样，所有人，包括他的孩子和柳梅的孩子，才能平静地生活下去。

羊群还在身边吃草，天空还是那么蓝。马哈望着柳梅离去的方向，望了很久很久。

马哈的救人史

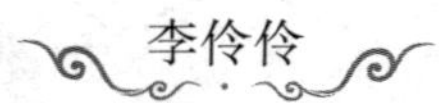

马哈水性好，碰见有人掉水里，会二话不说，跳进水里救人。他救的第一个人是陈七的儿子铁蛋儿。

那天马哈从地里干活儿回来，看见河套边聚了好几个人，像是出了什么事。

马哈走过去，看见陈七在哭，问他怎么了。

陈七说："铁蛋儿掉河里半天了，还没找到呢！"

马哈说："从哪儿掉进去的？"

这时听见大柱在河里喊："谁会游泳赶紧下来，铁蛋儿掉沙坑里了，救不上来。"

马哈听后，马上脱掉外衣，跳进了河里。河水很深，又很混浊，马哈跟着大柱一直游到沙坑边。

大柱说："沙坑太深，还有杂

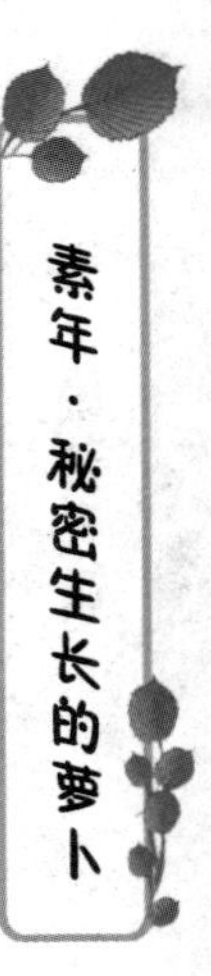

草,铁蛋儿被缠住了,我拉不上来。”

马哈没说话,深吸一口气,一头扎进了沙坑里。

沙坑里不但有杂草,还有塑料、布条、酒瓶等杂物。铁蛋儿沉在坑底,一动不动。马哈游到他身边,去解缠在他脚上的杂草,半天也解不开。马哈感觉自己要上不来气了,上水面换口气,再次潜进沙坑里,才把铁蛋儿救上来。

铁蛋儿没有呼吸,像死了一样。陈七见儿子这样,哭得更凶。马哈不顾疲累,一边给铁蛋儿做胸部按压,一边喊他。铁蛋儿吐了很多水后,终于醒了过来。大家都很惊喜,一边为陈七和铁蛋儿高兴,一边佩服马哈的水性和技术。没想到马哈的水性这么好,那么深的沙坑,都能把人救上来。

以后村里凡有人落水,都会喊马哈去救。马哈也随叫随到,从没有过怨言。人命关天呢,晚一会儿都会造成无法挽回的遗憾。所以马哈不管当时在做什么,听见有人喊,马上放下手里的活儿,往出事地点跑。

一天,马哈正在地里给西瓜花授粉,听见有人喊他去救人,他赶紧去了。出事地点是个露天粪池,粪池边站了好几个人,每个人身上都干干爽爽的,看到马哈来忙说:“快点儿快点儿,那男的刚沉下去,说不定还有救。”

马哈皱了一下眉,还是跳下去了。粪池跟水池不一样,很稠,一举一动都很费力。马哈费了好大的劲儿才把男人救上来,男人却没了呼吸。马哈不放弃,一边叫人去打清水,一边不顾脏臭,给男人做人工呼吸。

忙活了半天,男人也没活过来。马哈很难过。死者是个二十多岁,精神失常的外村人,从家里出来,走到这里,不小心掉进粪池,丢了性命。家属知道马哈把他救上来后很感谢,给他买米又买面的。马哈没要,他觉得,如果男人掉进粪池后马上去救他,他可能就不会死。

马哈勇救落粪池者的事传到镇上,镇通讯员来采访了他,把他的事迹写成文章发在了县报上。马哈成了村里第一个上报纸的人,村里人都很羡慕他。马哈倒没怎么高兴,他总觉得那个男人不该死。

因为授粉不及时,西瓜的坐果率低了很多。媳妇菊英埋怨他不务正业,

把救人当成了天大的事。马哈不吱声，以后有人来喊他救人，他仍是拔腿就走。

西瓜成熟后，马哈去集上卖西瓜，回来淋了雨，有点儿发烧。正浑身酸软地躺在炕上休息时，接到邻居的电话。

邻居说："马哈你在哪儿呢？老孙头儿掉水坑里了，快点儿来救他！"

马哈听后起身往外走，菊英拦住他说："你发烧了，救不了人。"

马哈没听，还是去了。

水坑离马哈家很远，路上耽误了些时间。马哈来到水坑时，雨停了，水坑边站了两三个人。老孙头儿正在水坑中间挣扎。岸上的人拿一根长竿子，想让老孙头儿抓住长竿把他拉上来，老孙头儿够不着长杆。马哈见状，赶紧下到水坑里。水坑很大，上面是水，下面是泥，一脚踩下去都踩不到底，往外拔脚更费力。马哈好不容易挪到老孙头儿身边，老孙头儿见他过来，一把拽住他，一下把马哈拽得跌倒在水坑里。马哈挣扎着起来，又去扶老孙头儿，刚把他拽起来，老孙头儿又把他拽倒了。马哈本来就发着烧，体力不支，被拽倒后半天没劲儿起来。老孙头儿比他跌得更深，整个人沉进了泥水里。岸上的人惊叫着，使劲儿喊马哈的名字。马哈挣扎半天，鼓足力气，再次把老孙头儿拽起来。这次他没有把马哈拽倒，可是整个人坠在马哈的胳膊上，坠得很沉。

马哈拼尽了全力才把老孙头儿救上岸，自己也累昏过去了。醒来后才知道，老孙头儿虽然被他拖了上来，但是已经没气儿了。

关于老孙头儿的死，村里人众说纷纭。有人说是马哈救得不及时，老孙头儿才会死；有人说马哈成名后对救人的事不上心了，半天才来；还有人说以后可能得花钱请他，他才会去救人。马哈听后心里很委屈，他没想到大家会这么说他，感冒不但没好，还加重了。

这天，马哈正躺在炕上蒙着大被捂汗，恍惚听见外面有人喊他去救人。马哈挣扎着想起来，但是四肢酸软无力，怎么也起不来。

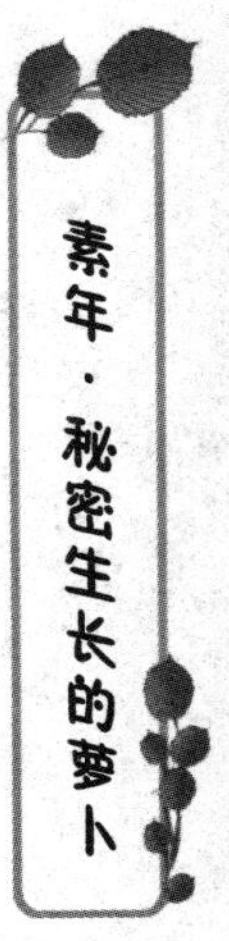

春花

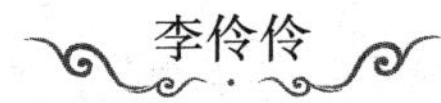

听说春花的儿子大雷掉河里淹死时，长青愣了一下，不禁想起一年前，春花来找他时的情景。

那天他正在办公室写材料，门卫老张打来电话说，有个叫春花的女人找他。一听是春花，长青立刻皱起眉头说："就说我不在。"

说完刚要挂电话，话筒里忽然传来春花的声音，春花说："长青，我知道你在，我是迫不得已才来找你的，你无论如何帮帮我。"

长青知道逃不掉了，只好放下电话出去了。

长青知道春花来找他，肯定是借钱。春花的儿子大雷跟人打架，被打伤了脑袋，现在还躺在医院里昏迷呢。大夫说大雷得赶紧做手术，但是春花拿不出做手术的钱。她想让打伤大雷的人出些手术费，可是她不知道是谁打伤了大雷。那天天都黑了，村里人告诉她，大雷在镇上被人打了。她赶到镇上，看见大雷趴在地上不省人事。她问镇上的人是谁打伤了大雷，都说不知道。春花把大雷送到医院后，去派出所报了案。三天了，没有一点儿消息。春花很着急，大雷还等着钱做手术呢。

长青没想到，春花见到他说的第一句话竟是："我不是来找你借钱的。派出所到现在还没找到打伤大雷的人，我想让你帮我找人催催派出所。"

长青不想帮她，因为春花太可恨了！传说她跟村里一半的男人上过床，她爹气得拿铁锹拍她，跟她断绝了父女关系，不许她进家，也没能让她改邪归正。长青为有这样的堂姐感到羞耻。所以，他没说话。

春花说："我知道你看不起我，我有我的难处，你不懂。今天要不是为大雷的事，我不会来找你。千错万错都是我的错，不能报应在孩子身上。大夫说，从孩子身上的伤来看，不是一个人打的。我不想讹他们，能凑够手术费就行。"

长青没说话。

春花说："你是吃皇粮的，认识的人多，说话也好使，你费心帮帮我。你姐夫去世得早，我一个人把大雷拉扯大不容易，后半生还指靠他呢。他不能有个三长两短呀！"说着掉下泪来。

长青很不屑，心里还"嗤"了一声。

春花说："求求你了长青，求求你了！"

长青很不耐烦，又觉得这样没完没了地被春花耗下去，让同事看了不好，就说："你先回去吧，我看看能不能找到人。"

春花说："真的？你别诓我。"

长青说："回去等我电话。"

春花无限期待地说："大雷能不能好就靠你了长青！"

长青说："快回去吧，大雷还等着你照顾呢。"

春花一步三回头地走了，长青也回了办公室，到办公室就把春花的事忘了。

两天后，春花打来电话，问长青找人没有，为啥还没消息。

长青这才想起春花的事。他怕春花还来找他，就撒谎说："找了，找的是派出所所长。他答应帮好好查。问题是现在不太好查，因为当时天都黑了，出事地点又很僻静，周围又没有监控器，所以不好找。"

这些都是他听家人说的。

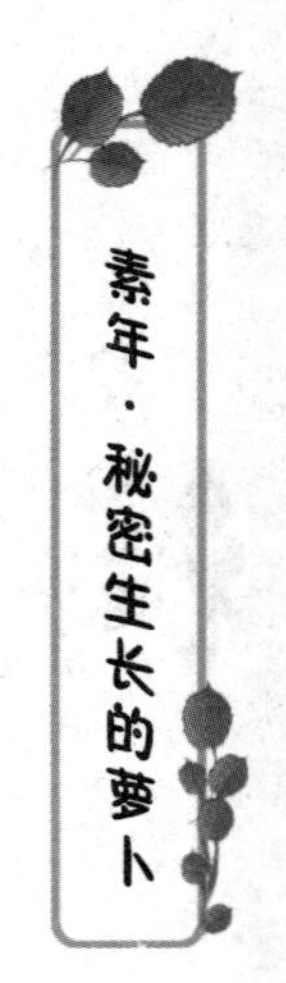

春花听完，半天没说话，后来叹了口气，说："也许，这就是大雷的命。"

不知春花从哪儿弄来的钱，大雷最后还是做了手术。但因为做得不及时，成了傻子，吃饭都要人喂。春花每天要像照顾好幼儿园的孩子一样，照顾快二十岁的大雷。一天，大雷趁春花午睡时溜了出去，不小心掉到河里淹死了。春花又哭又笑的，后来疯了。

长青听到这个消息时，愣了一下，心里莫名其妙地涌上一丝对春花的愧疚，还有大雷。大雷是个好孩子，在镇水泥厂上班，平时很少说话，也很少打架，只有在别人说他母亲的坏话时，他才会挥拳头。也许那天被打伤，也是因为这个吧。

长青给他在镇派出所的同学打电话，问他打伤吴大雷的人找到没有。

同学说："哪个吴大雷？"

长青说："何春花的儿子吴大雷。"

同学说："我跟你说，你可别说出去，其实水泥厂的人都知道是谁把吴大雷打伤的，但是他们不说，我们也不能撬人家的嘴呀。要怪就怪他有个那样的妈吧。"

这话让长青很意外，细想想也不意外，因为村里不少人在水泥厂上班。

同学问："你没事问他干啥呀？"

长青说："没事，没事。"

那天下班后，长青没回家，一个人去了小酒馆。从来没喝醉过的他，那天把自己醉得一塌糊涂。

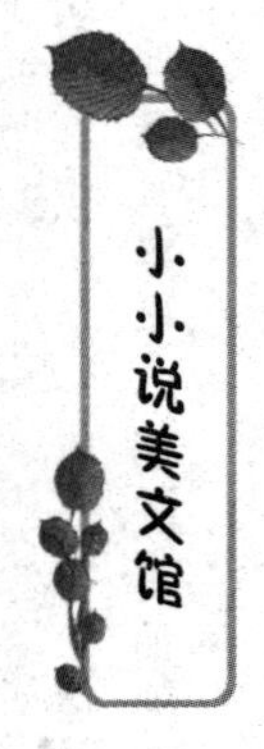

穿睡衣的女人

王 溱

这个点,穿睡衣出来的人不少,女人绝对是最特别的一个。

洒水车刚过,女人就踩着高跟鞋来了,咯噔咯噔,清清脆脆,把还在洗漱的大街吓了一跳。她两腮桃花粉,口含杏花红;她黛眉如弯月,长睫扇清风。睡眼惺忪的主妇们斜眼瞧了,不自觉地摸摸自己的脸,趿拉着拖鞋埋头疾走。

是的,谁也不会像女人这般,穿着睡衣,却顶着精致的妆容。

也不会像女人这般,睡衣翻着花样地变,一天一套,可以一个月都不重样。

今天这套,左蝴蝶,舞得人心飘然;右杜鹃,啼得人心荡漾。前几日在商店看到它时,女人就不觉吟道:庄生晓梦迷蝴蝶,望帝春心托杜鹃。语罢,女人吐了吐舌头,哪来那么多哀怨?

女人没看价格,就直接买下了。这是女人今年买的第三十八套睡衣,正好跟女人的年龄一样。

女人很少买外穿的衣服,几套深色的职业装,几乎占据了所有她在外的时间。下班,接孩子,买菜,做饭,洗碗,打扫,再洗个澡,她才终于可以换上心爱的睡衣,再无数次帮孩子把被子拉好,熬过漫漫长夜,她才有了短暂的

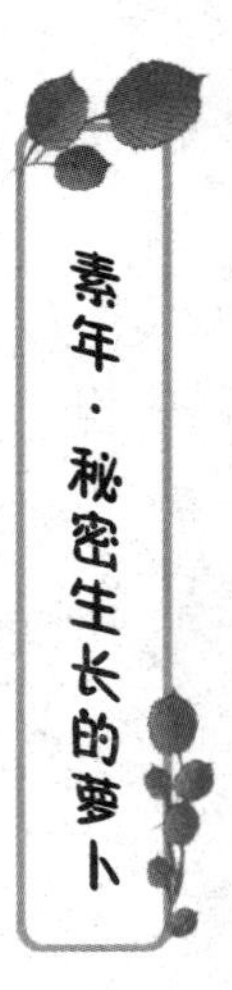

走秀时间。说是走秀,一点儿也不为过,女人的身材本来就高挑,走姿煞是好看。

走到这个熟悉的十字路口时,女人停下了。

浪漫的故事,一般都发生在某个十字路口。女人呆呆地望着左边的一摊积水,等着。

应该有一辆崭新的自行车冲来,差点儿撞到女人身上。刚洒过水的地面很滑,急刹的单车险些歪倒,骑车的男人长腿一撑,撑住了单车,却溅起了水花,她的花睡衣上,星星点点又开出好多花。

男人连连向她道歉,然后他如浓墨泼出的双眉开始扬起,接下来,他的视线就紧紧绑在女人身上了。

"你穿睡衣真好看。"他说。

霎时,女人的脸红如朝霞……

可是,女人等得腰酸痛了,也没见到自行车,以及浓眉大眼的长腿男人。

女人猛然醒来,不好意思地笑了。那男人,早已是自己的丈夫了呀,自己这是在干什么,难道还想再嫁一次不成?

女人拐进左边的街道,那里有一家花店,这会儿正是店主修剪花枝的时间,她站在店门口,看着一把把个性张扬的花儿,被修剪得整齐而端庄。店主是个微胖的中年女人,见女人看得入神,随手拿起一支玫瑰说:"送给你吧。"

女人道谢,毫不客气地伸手接了。她把玫瑰捏在手上,想着应该是"手如削葱根,衬花别样红",可是自己操持家务的手怎么也算不上青葱,仔细闻闻,却有葱的味道。女人自嘲地笑笑,继续往前走。

一拐角,就是卖早餐的地方,每天女人都会在这里买油条,她的丈夫很爱吃油条。

"来两根油条。"女人说。

女人以为自己该是"含辞未吐,气若幽兰",可是一开口,却是中气十足。

女人懊恼了,她并不喜欢街上扯着嗓门拉家常的大妈们。她低着眉,看着一截白面被狠狠地一拉,刺啦一声炸成了型,再也恢复不了以前的样子。

卖油条的是个长腿的小伙儿,很是风趣,总会对她的新睡衣评论一番。

“你今天这睡衣最好看了。”他说。

“是吧?”女人的懊恼云消雾散,“我也很喜欢这一套呢。”

“蝴蝶起舞,杜鹃歌唱,很配你的气质。”他说。

女人娇羞地低下了头,说:“这蝴蝶和杜鹃,都有出处呢。”

女人还想吟上两句诗,却看到丈夫忽然黑着脸跳了出来。他狠狠瞪了那个卖油条的小伙儿一眼,一把拉起女人,说:“吃什么油条,走,回家去。”

女人诧异地跟着丈夫回了家。

原来,女人每天都面无表情出门,面带桃花回来,当丈夫的有些不放心了。他今儿特意起了个大早,悄悄地尾随女人出了家门。

他尾随女人来到十字路口,狐疑地看着女人站在那里发呆;他尾随女人来到花店,看女人拿着漂亮的玫瑰花,却愁眉不展;他尾随女人来到早点摊,看着女人神采飞扬,面泛桃花,终于忍不住冲了出来。

第二天早上女人再去买油条时,发现跟包好的油条一起的,赫然还有一张电影票。

“我晚上六点收摊。”卖油条的小伙儿低声说。

女人一惊,忽然意识到点儿什么,油条也不拿,扭头走了。

从那天起,女人不买油条了。女人摇曳的身姿又扭过了一条街,那里有个卖豆腐花的小伙儿,浓眉,大眼。他看到女人时禁不住赞叹:“姐,你这睡衣真美呀。”

女人笑了,娇羞的桃花又爬上女人的脸。

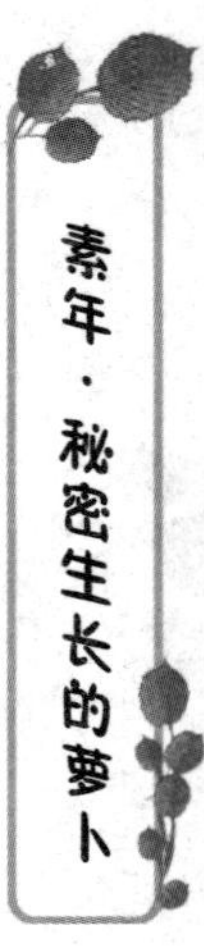

回　家

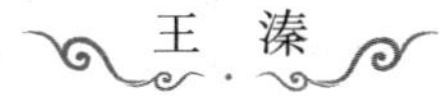
王　溱

咱的主人公猫儿，真的是一只猫。

那天，猫儿正偷偷咬扯着老人新栽的桃树，有几朵桃花刚爆了蕾，很是招摇。忽然间那婴啼般的叫唤声就来了，一声接一声，声声勾人魂。猫儿偷瞄了老人一眼，悄悄从窗户跃下，循着声出了小巷，过了老街，绕过一栋废弃的老屋，终于寻着了那哑了嗓子的母猫。可母猫并不曼妙，它旁边还有一个把脸藏在鸭舌帽下的男人。等猫儿明白过来时，已被网在兜里了。猫儿把自己拱成个刺猬，龇牙张爪，可无济于事，那鸭舌帽熟练地把它扔进笼子里，布头一盖，麻利地蹬走了小四轮。

小四轮嘎吱嘎吱穿街过巷，颠得猫儿心肝脾肺一锅炖。它从没盖好的一角窥探着外边的情形：看，街口的鱼档开门了，往日这个钟点，老人会唤一声"猫儿走咧"，它便跳进篮子里，随老人买鱼去。老人天天都买鱼，自己只吃几口，全数便宜了猫儿。那天猫儿把鱼头咬得嘎嘣响时，老人还特意叮嘱说，猫儿，最近猫贩子多，你可别乱跑。这才几天，猫儿就上了当了，且还是这么羞人的当。按老人的话说，这叫"贼心当"，当初老人的儿子就是这么被勾去当了上门女婿的。这会儿不见猫儿，老人该多着急呀？猫儿伸出爪，狠狠划着铁笼子。

老人把猫儿当儿养，这事整条老街的人都知道。这一人一猫凑成个感叹号，愣是让死水般的老街鲜活起来。不成，一定得回家！感叹号若没了那一点，可不真剩孤零零一条杠？

小四轮终于停了下来，猫儿被赶进一个更大的笼子，里边已有不少猫，各种姿势摊着。猫儿大声叫唤，只有一只猫抬起眼皮扫了猫儿一眼，伸个懒腰又躺下了。

看来只能靠自己了。

猫儿仔细打量笼子，“喵”地蹦了起来——这大笼子压根没锁，只用一根布条扎着。解布条这种事，别的猫没辙，猫儿却是轻车熟路。每次老人买完菜回家，猫儿都会用牙半撕半扯地帮着把购物袋解开，老人眼神不好使了，解个活结都要老半天的。

可这布条打的是死结，猫儿撕咬许久才算松了些。它侧着头喘着大气，隐约听见有人说，等这批货交了，就能回家过个肥年了。还说，要给他爹买瓶好酒，给他娘买件新棉袄。

是呢，快过年了呢。猫儿想起了老人的儿子。老人的儿子过年也会来看老人的，有时那个咯噔咯噔踩着高跟鞋的女人也会来，叫声妈后就捏着鼻子不说话了，她总嫌屋里有股臊味儿。他们今年会给老人带什么呢？猫儿想提醒他，老人牙口差，以后像牛轧糖这种费牙的就甭带了，一吃全粘假牙上，可老人不舍得扔，长毛了还撺掇猫儿吃，哼，猫儿哪能吃甜食？

这一恼火，猫儿竟一下把布条扯开了。它竖起耳朵听了听动静，缓缓顶开笼子门，嗖地蹿了出去。

这是哪儿呢？周遭很眼生，静悄悄的，只有一老一小在门口晒着太阳。说起来，老人也有个孙子的，活在儿子的手机相册里。孩子长得快，一年一个样，老人每次看过后，都很难在脑海中拼凑出孙子的模样。

猫儿东张西望，终于发现了三个字——咫尺站。

你甭惊讶，这三个字咱猫儿是认得的。老人闲来无事，最喜欢在纸上写

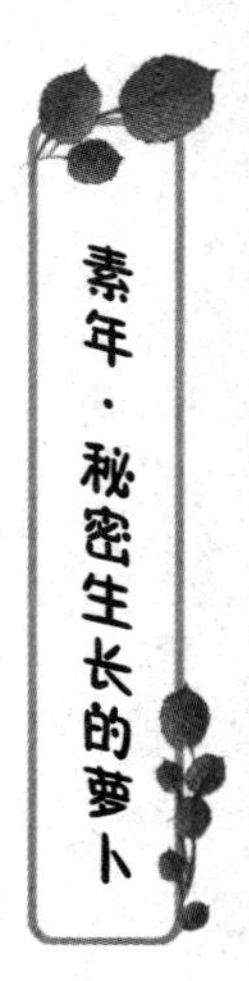

这三个字，一边写一边跟猫儿念叨，这是镇里唯一的车站，她儿子一家就住那附近。老人又说，从儿子家到自己家，得先搭七站公交车，再走过一座小桥，拐进老街，进了胡同就到了。

猫儿搭不了公交车，决定跟在公交车后边跑，反正追不上了就歇歇，总会有下一趟。

就这样，猫儿风尘仆仆地追着公交车，一站又一站，发现错了又换一辆，饿了就在垃圾堆里翻点儿吃的。也不知道过了几天，猫儿终于来到了熟悉的老街，熟悉的家门。猫儿筋疲力尽了，摊在门口，想象着老人出来时看见它定会满脸惊喜。

可是，老人并没有出来。屋里传来老人儿子的声音。

咦？这还没过年呢，他怎么回来了？猫儿警觉地竖起耳朵。

老人的儿子说："妈，你别太难过了，我知道猫儿对你来说就跟亲人似的，我已经尽力在找了。"

他又说："妈，你就吃点儿吧，不吃饭病怎么好呀？"

他还说："妈，我知道你没了猫儿一个人不好过，我以后尽量多找机会过来看你，好不好？要不，我给你再买只猫？"

买猫？猫儿急得一声"喵——"

病床上的老人条件反射般弹坐了起来。

"猫儿咧，你终于回来了啊！"老人一把抱住猫儿，老泪纵横。老人把猫儿抱得很紧很紧，差点儿把猫儿给勒死。

儿子松了口气说："太好了，猫儿回来了，那我就放心了。"

儿子走了。猫儿把自己舔洗干净后，又凑到老人冰冷的脚边，毛茸茸，暖烘烘。

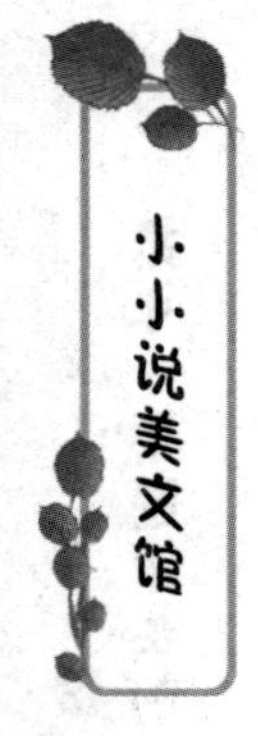

于二反正

乔 迁

于二反正一出生就是地主。没办法,谁让他爹于老爷是地主呢！于老爷死后,他便成了于家大院的主儿,他不想当地主都不行。

于二反正有过不想成为地主的想法,在外念过几年书后,他的眼界已经不局限在于家大院了,就有了要离开的想法。可想法刚刚冒芽,便被他洞察一切的爹看了出来,立马掐了他的学业,把他拽回于家大院。他回来后不死心,对他爹说:"反正我不会守着这一亩三分地活一辈子的。"

于老爷立刻叫道:"咋就一亩三分地呢？咱家的地没有千亩也有八百亩的,这么大的家业不够你活?"

于二反正知道老爹误解了他的话,辩解道:"我不是那个意思,我的意思是我要走出于家这个小世界,去外面的大世界。"

于老爷急了:"外面的世界再大你也得有根,于家大院就是你的根,你哪儿也不能去。"

于二反正也急了:"反正我不能一辈子死守在这儿的。"

于老爷冷笑了一声:"你大哥早早不在了,我就剩你这么一个根,是反是正你都得守着于家。"起身出门喊来两个护院,吩咐道:"二少爷就交给你俩了,跑了拿你俩是问。"

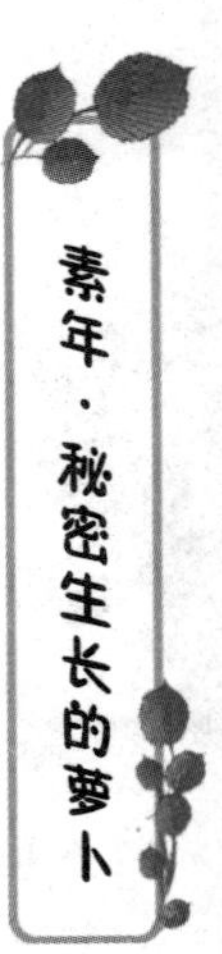

于二反正在屋里喊了一嗓子:“反正我是不会死守在这儿的。”

两个护院对视了一眼,心里说道:“反正反正,反正我俩是不能让你跑了的。”

没过几日,“于二反正”的绰号就在于家屯散开了。

过了一些时日,于二反正成了亲,娶了老婆。当然,是他爹于老爷一手策划操办的,问都没问他,便把老婆给他说下了,是想让女人再拴他一下,让他打消去外面大世界的念头。老婆是娶了,可没打消他去外面大世界的念头,他对老婆张兰英说:“反正我早晚都要出去的,你嫁给我就是守活寡。”

张兰英去向于老爷哭诉,于老爷哼了一声:“我说过,他跑不了,别听他吓唬你。抓紧生个孩子,拴死他。”

张兰英转身回来,千娇百媚的,于二反正倒也不拒绝。可过了几年,就是没孩子。于二反正就对他爹于老爷说:“我得出去看看,我可能有毛病。”

于老爷看看他,摇头说:“你能有什么毛病?我没毛病,你是我的种,哪来的毛病?别想趁机去什么大世界,消停地待着吧!”

于二反正哭笑不得:“爹,你没毛病不等于我没毛病。你还是让我出去看看吧!”

于老爷一撇嘴:“还是想出去,不行!我让人把大夫请来,你不准离开于家大院。”

方圆百里有名的大夫请了十几个,轮番给于二反正看病,也给张兰英看,都说二少爷和少奶奶没毛病,吃点儿补药就行。于老爷高兴,重赏,大夫都高高兴兴地来来去去。于二反正吃了一大堆补药,还是没能让张兰英的肚子鼓起来,于老爷一声长叹:“娶个小的吧。”

于二反正吃补药吃得张嘴都费劲,有气无力地对老爹说:“是我的毛病,娶几个都没用。”

于老爷怒吼一声:“胡说,你没毛病。”

于二反正哀叹一声:“我没病!反正我不娶。”

于老爷冷笑一声:“你说了不算。”

于老爷说了算。可于二反正的小老婆还没娶,于老爷就不行了。于老爷当着于家全大院人的面,把掌柜钥匙交到了张兰英手里,然后闭了眼。

看老爹咽气前把掌柜钥匙交到老婆张兰英手里,于二反正心里重重地坠了一下,也“闭了眼”——于二反正知道自己去不了外面的大世界了。

安葬了于老爷,过了百天,张兰英对于二反正说:“把柳香妹子娶了吧!”

于二反正一句话也没说。

如花似玉的柳香便成了于二反正的小老婆。过了几年,也是没生育。张兰英对于二反正说:“要不,出去看看?”

于二反正看了看大老婆张兰英,又看小老婆柳香,盯看了半天,突然笑了一下,说:“算了!”他把手里让人从外面带回来的报纸投进了炉子里,看着蹿起的火苗吐出了一句话:“反正,于家也将不再是于家了。”

赵大拽

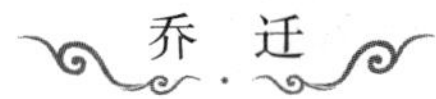

其实赵大拽走路并不拽，而是侧着身，总像是在躲着什么。这并不奇怪，赵大拽这时还很穷，见什么都三分怕。后来，不那么穷了，怕也便没了。

赵大拽是屯里大地主于二反正家的长工，穷光蛋一个，但有的是力气，苦活儿累活儿可着劲儿干。于二反正倒也没克扣他，该给的钱给了，虽然少；该吃的让吃了，且顿顿管饱。赵大拽光棍儿一个，有钱也没处花，有口饱饭吃就是莫大的幸福了。如果在吃饱的幸福上再有个女人，那就是神仙般的日子了。这是赵大拽在无数个黑夜里渴望的。“如果能有于二反正小老婆柳香那样的女人，就是死也值了。”这是每次渴望之后，赵大拽从内心深处发出的一声悠然长叹。

于二反正有两个老婆，大老婆张兰英进了于家多年，一直没有生育，于二反正就娶了小老婆柳香。柳香长得如花似玉，娇羞可人。长工和护院们偷看得眼睛都斜了，可照面却都低眉顺眼的，恭恭敬敬地喊二太太。二太太柳香对所有人都和蔼可亲，无论谁喊她二太太，她都有些不好意思地娇羞一笑，这笑，让人骨头都酥软了。

这么好的二太太柳香，让赵大拽渴望之后悠然长叹，也在情理之中。可赵大拽做梦也没有想到的是，他无望的渴望竟然有一天变成了现实。

似乎一夜间，赵大拽成了农会主席。按照土改工作队的要求，于二反正的家财被分给了穷人，当然也有赵大拽一份。于二反正的小老婆柳香不是于二反正的财产，但不能跟于二反正过了，嫁给光棍儿赵大拽为妻。工作队问柳香是否愿意，柳香看看都傻了的赵大拽，点了下头。

柳香就拿了自己的东西搬到了于家正屋。正屋现在归赵大拽所有了，于二反正已搬到了厢房。

当夜，正屋里的赵大拽迟迟不上炕，坐在炕沿上神情恍惚，直到柳香吹灭了灯，娇柔地说了一声："天不早了，睡吧！"赵大拽才打了个激灵，在黑暗中哆哆嗦嗦地脱了衣裳，钻进了柳香的被窝。

第二天，所有人都发现赵大拽走路与原来不一样了，腰杆拔得溜直，晃

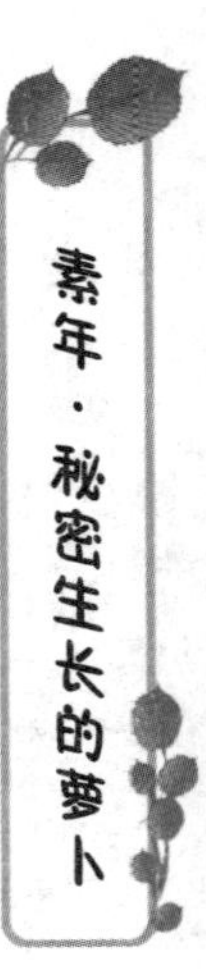

着膀子。几个关系要好的贫雇农打趣赵大拽:“咋的,累着了?走路都直打晃呢!”

赵大拽嘿嘿一笑,昂首挺胸地投奔到劳动中去。

赵大拽想给工作队的人弄点儿好吃的,毕竟是工作队来了,自己的渴望才梦幻般地变成了现实。可于二反正家的东西都分了,也没什么好吃的了。琢磨了两天,赵大拽一拍脑门:对呀,打点儿野味不就行了吗!咱这地儿荒草甸子里野鸡野兔多了去了,打几只不就完了吗!可他枪法不行,想到若把李小个子带上,一准能打到野味。李小个子原是和赵大拽一样在于二反正家讨活,只不过李小个子是护院,枪打得准,指哪儿打哪儿,想打鼻子保管碰不到眼睛,方圆百里有名。这些年于家没有被胡子来抢,也是惧怕李小个子枪法的。

赵大拽就叫上李小个子去草甸子里打野味。

听说是给工作队的人弄好吃的,同为穷人的李小个子很高兴,立刻扛上枪跟着赵大拽兴冲冲地去了草甸子。

李小个子的枪法真是准,半晌不到,就打了五只野鸡和两只野兔。每打到一只,赵大拽都兴奋地跑过去捡。当发现第三只野兔时,李小个子一枪便把野兔撂倒了,赵大拽飞快地跑过去捡,刚要拾起野兔,又听见了一声枪响,赵大拽骂了一句:“妈的,要累死我呀,这只还没捡起来呢!”话音未落,觉得自己的下面骤然一热,低头一看:自己的裤裆已是血红一片……一阵撕裂般的疼痛霎时从裆部涌起。赵大拽抬头看李小个子,远处,李小个子的枪口正冲着他。

赵大拽缓缓倒下的那一刻,他看到李小个子飞快地向他跑过来,声嘶力竭地号叫着:“走火了!枪走火了!”

仰望蓝天,赵大拽仿佛看到了柳香从屋里走出来,头也不回地离开了。无数个夜晚渴望后的长叹,在于家大院里并不是只从他心里发出的啊!两滴泪从赵大拽的眼角爬出来,停留了一下,便急速地滚落下去。

地主婆

乔　迁

张兰英没想过自己有一天也会成为地主婆。

当然,于家大院里是没人会说她是地主婆的,虽然大院里的人在心里都叫她地主婆,但嘴上不会说。叫她地主婆的人在大院外。于家大院外的人相互说起她来,会说张兰英这个地主婆怎么着怎么着的,因为她没进到于家大院里时,他们也是这么说于二反正他妈的。

于二反正的爹于老爷走进张兰英家时,一家人正在吃饭,吃的是稀稀的玉米面糊糊,无滋无味的,就咸菜条子。看见于老爷进来,一家人都愣住了,随后是些许慌乱,张兰英的爹老张头儿手忙脚乱地给于老爷搬凳子,用袖子在凳子上抹了又抹,搬到于老爷屁股下说:“于老爷您坐。”看于老爷稳稳坐下后,快速转到于老爷面前,恭敬地说道:“再过个三五天就打粮了,打了粮我就给您送去。”

张兰英家是于家的佃户,种着于家两垧多地呢。

于老爷摇摇头,目光在张兰英身上停了片刻,落在老张头儿脸上,微笑着说了一句:“我是给富阳说亲来的。”

张兰英一家人便都怔住了,怔怔地望着于老爷。

于老爷缓缓说道:“亲事是该媒人来说的,我先来了。你家同意了,我再让媒人来，不同意就当我没来过。”

老张头儿颤颤地说了一句：“于老爷，这是咋个话……”

于老爷又看了张兰英一眼说：“我想让兰英做富阳的媳妇儿，不知成不成。”

老张头儿回头看了一眼自己的闺女，抑制不住的喜悦挂了一脸，对于老爷说：“兰英就是一个粗野丫头，哪配得上少爷？”

于老爷说：“前几天兰英去我家帮忙，我留意了一下，这孩子勤快，有主见，配得上富阳的。你同意就成。”

老张头儿脸都笑开了花，连忙说道：“同意，咋能不同意呢？兰英这是掉进福堆了。”

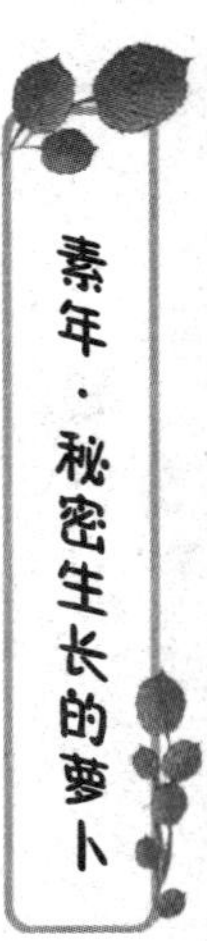

“我不同意！”张兰英突然叫了一声。

老张头儿立刻冲张兰英骂道：“你个死丫头……”

于老爷叫住老张头儿，抬脸问张兰英：“说说，为啥？”

张兰英咬了一下嘴唇说：“少爷是念过书的人，我大字不识。”

于老爷说：“就这？”

张兰英说：“我听说了，少爷说过反正要去外面的大世界的……”

于老爷哼了一声，起身说道：“他走不出去的，我能保证。还有吗？”

张兰英摇摇头。

于老爷掷地有声：“没有，咱这亲事就定了！”

看于老爷走远，张兰英小声嘀咕了一句：“于二反正真走不出去吗？”

老张头儿回头问她：“你说谁？”

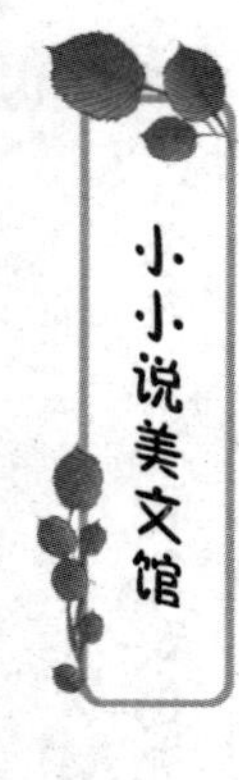

张兰英脸一红:“于富阳就是‘于二反正’。”

老张头儿立马叫道:“可不能再这么叫了啊!”

张兰英进了于家大院,成了于二反正的老婆,便成了大院里人人称呼的少奶奶。后来,于老爷死了,于二反正成了一家之主,张兰英便成了人人尊称的太太。但张兰英知道,在于家大院里她是太太,在于家大院外,她就是地主婆,她早已经不是那个穷人家的粗野丫头了。

于二反正真如于老爷说的,终究没能走出于家大院,看到外面的大世界。有时想想,张兰英心里忍不住酸痛,如果自己不同意嫁给于二反正,于二反正是不是就能走出于家大院了呢?可自己不嫁给他,于老爷就不会找别的女子嫁给他吗?

除了这个让张兰英心里隐隐酸痛外,还有就是她和于二反正没有生下儿女,这让她心里不是酸痛,而是疼痛了。虽然于二反正说不是她的毛病,她也信,但她就是心疼,一股说不出的苦苦的心疼。于老爷去世前跟她说过想给于二反正再娶一个,于老爷是盯着她平平的肚子说的。她不住地点头,她是真心的。虽然她知道于二反正有毛病,但她也盼望有奇迹出现。

于二反正的小老婆是她做主娶的,于二反正不同意,但她张兰英说了算,于老爷死的时候把于家的掌柜钥匙交给了她。于老爷终究还是怕儿子做主后到外面的大世界去。于二反正虽然是一家之主了,但他没有做主的钥匙。

握着于家钥匙的张兰英每回走出于家大门,看到屯里人瞧她的目光,都想大声地告诉他们:“其实我不是地主婆,我是地主!”

但每次,张兰英都没有喊出来,甚至还把嘴唇闭紧了,闭得严严实实的,都没了血色,生怕跑出一丝声来。

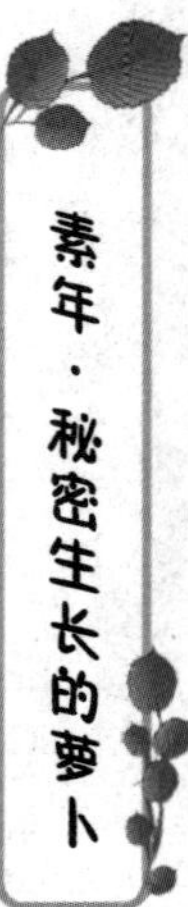

至 宗

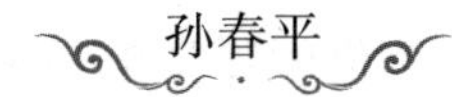

孙春平

入冬后,邢老汉又开始关注起北京的天气预报了。

他对老伴儿说:“北京又起霾了,别说吸,听一听都觉得憋得慌。”

老伴回道:“那你就跟闺女说。”

老邢说:“你说吧。”

老伴说:“你说嘛。”

当晚,老邢给女儿打去电话,说:“你那儿又乌烟瘴气了,还是让晶晶来大连住一阵吧。孩子还小,可不能让她招惹上什么病。”

女儿说:“我和晶晶爸也是这么商量的,可这一阵他总出差,我也正赶上有几节公开课要准备,时间真是挤不开。等过一阵,就把晶晶送回去。晶晶也整天喊想姥姥姥爷呢。”

老邢说:“看你这孩子说的,我老头就那么没用,连几步道都走不动了?你做好准备吧,也就这几天,我去接晶晶。”

老邢是第二天入夜时分去的北京。这个时节,车票好买,直接去售票窗口也不需要多长时间。高铁的票充裕,K 打头的卧铺也不需要找人求人,但老邢都不要,他只买硬座。不就是坐一宿车吗?比高铁多坐七八个钟头,省二百多元钱呢,那些外出打工的,干啥活计一天能挣这么多?过日子呀,不

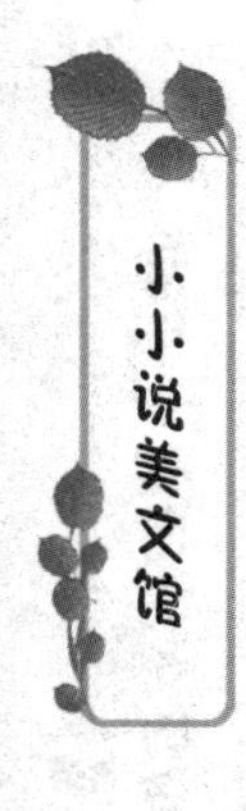

能不算计，老两口一个月的退休金加一起也不过五千来元，再说，整天喊喜欢外孙女，逢年过节的，当老人的还能只在嘴巴上干说呀？想想当年大串联，厕所里咱都挤过，这就可比天上啦！

老邢到了女儿家，已是近晌。下了火车，又是地铁又是公交的，又用去两个多钟头。好在腰间挂着女儿家的钥匙，进了门就可松松腿脚了。现在的年轻人呀，也不知道咋想的，念完大学非留在北京，可北京又有什么好？冬天雾霾，夏天又贼呼啦地热，哪比得上大连？虽说挣得不少，可那开销也吓人，光这几十平方米的房子，月供就得先把一个人的工资交出去。

老邢用手机给女儿发去短信："我已到家。你晚上下班不用急，我去幼儿园接晶晶。"

女儿在中学当老师，不知是不是正上课，发短信牢靠，省得打扰。

女儿是中午打回的电话，说："老爸，您怎么这么快就来了？"

老邢说："商量妥的事，说来就来嘛。"

女儿说："小区外到处是饭店，您别在家糊弄。晚上回家我给您做好吃的。"

老邢说："我看冰箱了，都现成，我用微波炉转一转，都吃完了。你晌午要是有工夫，就抓紧给我订张回去的票，最好是明天的，别到时抓瞎。"

女儿晚上带回了羊肉卷，还有火锅调料和各式菜蔬，这是父亲的最爱，又快捷方便。

三口人团团围坐，老邢问："车票订好了吧？"

女儿说："非得明天吗？您在家好好休息两天，周末晶晶爸也出差回来了。"

老邢说："看天气预报，北京这两天的空气也好不到哪儿去，我还是带晶晶快躲出去吧。再说，我也惦着你妈，年年一到这时候，她上下楼就费劲儿。"

女儿说："那我就给您和晶晶订两张票吧，一人一个座，不然，您总抱着

她,您累,她也累。"

老邢听此言,有些急,嗓门也高了,说:"晶晶才四岁,哪用得着买票,居家过日子,以后花钱的地方多着呢。再说,我估摸着,你肯定要给我买高铁票,这我不跟你犟,不过四五个钟头的事,说说话就到家了。"

女儿给老邢夹涮好的肉,笑说:"爸,您怎么就这么犟呢!"

老邢说:"铁水入了砂模,定了型。我就这性子,你妈都将就我。"

第二天,女儿串了两节课,一直将一老一少送上车。

安顿好行囊,她四处撒目,见前排还有一个靠窗的位置空着,便问相邻的先生:"大哥,这座有人吗?"

先生摇头,不知是否定,还是表示不知。

女儿将晶晶抱过来,送到空位上,说:"那你就先在这儿坐,不能总让姥爷抱,也不能到处跑,知道吗?"

那天的旅程,真的很舒适,也很轻松。难得的是,晶晶坐的那个空位一直没人来。

快到大连时,女儿的电话打过来,正缠在姥爷怀里吸酸奶的晶晶听了声音便抢去手机,说:"妈妈,我今天没让姥爷抱,我还睡了一大觉呢。"

回到家里,晶晶又将这话很夸耀地说给了姥姥。

老伴儿问老邢:"给孩子也买票啦?"

老邢长叹了一口气,说:"反正我让她只买一张票,可我估摸着,八成还是花了那份钱了,不然,世上哪有那么碰巧的事?"

晶晶跑乏了,一入夜,便早早蜷在姥爷姥姥中间睡着了。

老伴儿见老邢瞪着两眼望天棚,说:"你也不用心疼那几个钱儿。人家是怕委屈了孩子,谁身上掉下的肉谁心疼,晶晶在幼儿园天天中午要睡一觉,还能总趴在你怀里呀?"

老邢腾的一下坐起身,低着嗓子吼:"咱闺女自打八岁跟你到了这个家,是啥样我还用你告诉我!她怕老爸累,又怕老爸心疼钱,才琢磨出这么个小

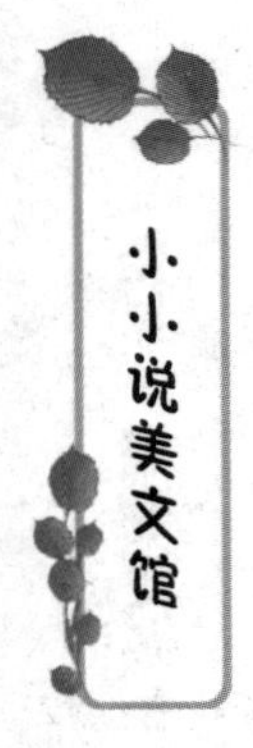

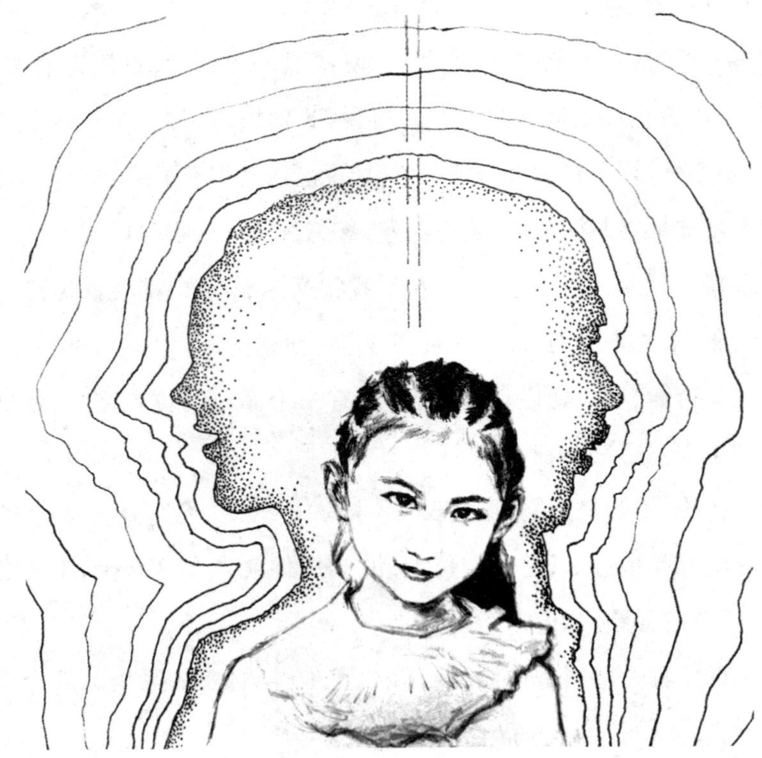

招子。我老头子还不至于那么不识好歹吧，我这是心里热乎啊。亏了你是亲妈，咋就说出这样的话来!”

窗帘的缝隙中，泻进水一般的月光。

老伴儿的手伸过来，抓住老邢的手掌，说:“不心疼就好。早点儿睡吧，折腾了两三天，也得好好歇歇了。”

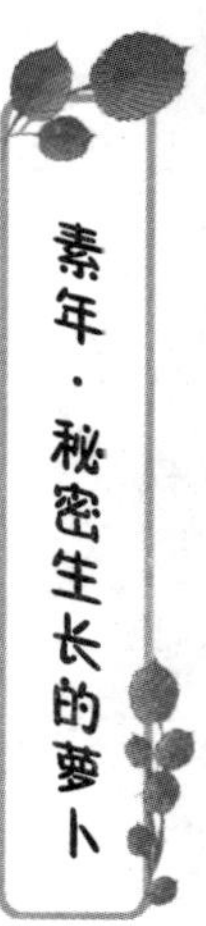

老南瓜

聂鑫森

在我们南门村，最喜欢种南瓜的是南门酉。

“南门”是个复姓，相传其先祖是京城看守南门的官，也就有了这个姓。南门酉常说的一句话是：“先人守南城门，我守南瓜地，不算辱没老祖宗。”他之所以名“酉”，是因为他是酉时出生的。不过，他对酉字有另外的解释，“酉”与“酒”同义，所以他此生酷好杯中之物。

南门酉年近花甲了。大脸盘、大眼睛、大嘴巴，矮墩墩的，结实、粗壮，像一个老南瓜。他姓里有个“南”，又喜种、会种南瓜，便有了个外号“老南瓜”。其实他读过初中，又喜欢看书，待人亲和，整天快快活活的。

别家种南瓜，不过是一畦两畦，作为蔬菜中的一个品种而已。南门酉是成片成片地种，屋后的坡地上，屋前的菜园子里，种的都是这玩意儿。当然他也种点儿别的蔬菜，不过是个点缀，供餐桌上自用调换口味儿。

他种的南瓜品种，是家传的，叫落地鼎瓜。春三月点种，藤叶满地爬，不需要搭棚立架。夏秋之间，瓜陆续成熟，像立地的鼎，壮实、笃定，重的可达四五十斤。南瓜是个好东西，鲜嫩的叶、藤、花可以做菜，清香可口；瓜肉可炒可煮，既当菜又当饭，还可以和入米粉做成南瓜粑粑。瓜肉切成片，晒干，再下油锅炸，就成了可口的点心——油炸南瓜片。

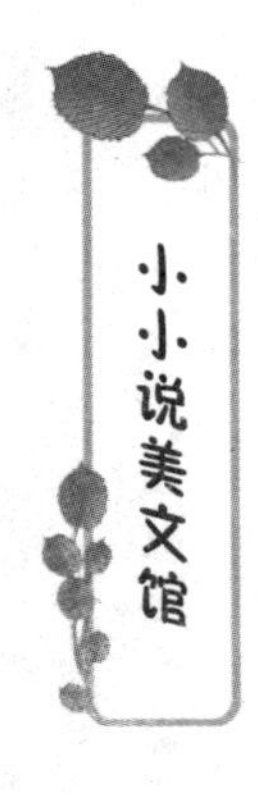

有人问他为什么喜欢种南瓜，他说的理由很充分，第一是好看，第二是祖传的“合花”技术需要历练，第三是有喝不完的南瓜酒。

南瓜好看吗？南门酉认为它比什么花草都经看耐看。南瓜属葫芦科，一年生草本，点种后，下过几场春雨，出秧了，长藤了，爆叶了，慢慢地从藤叶间冒出一朵朵金黄色的小花。渐渐宽大的叶子，成五裂状，密密匝匝，碧沉沉的；花冠也长出大的裂片，花身长而尖，像一支支裂口的铜喇叭。一只只巨大的手掌，捧着一支支铜喇叭，威武雄壮。南门酉走在藤叶间，裤管被刮划出清亮的声音，好像出自铜喇叭口，很阳刚，很撩拨人。

可惜如今到瓜地里来，只有他孤零零一个人了。老伴儿早两年在一场大病后，走了。儿子早已在城里安家立业，孙子也上初中了，他们要接他到城里去住，他说：“我离不开这些南瓜地，城里哪里去找南瓜酒？再说，我身体好着哩，多余的南瓜有人上门来收购，你们别记挂我。”

南瓜要结得多、长得壮实，全靠“合花”。南门酉的“合花”诀窍，是爷爷和父亲手把手教的，可惜老人们都过世了。南门家的“合花”，不在白天，而是在有月亮的晚上。月亮叫作太阴，这时候给雌花授粉，真正是天造地合。

南瓜是雌雄同株异花植物，每株苗上有雌、雄两种花。当天色渐暗，月亮升起来了，南门酉提一盏马灯，拎一张草席，一个人悄悄去了南瓜地。先在一块空地摊开席子，放下马灯，然后借着月光慢慢巡看瓜花。看准了，他掐下一朵雄花，把花冠朝下，与雌花的花心相对，先是轻轻抖动雄花，然后把两花的大裂片互相交结，就像男女的手足交结在一起，再扯一茎细长的草，把交结处不松不紧地缠绕起来。南门酉看过这方面的书，叫作“合花”或“卡花”，还有个雅致的说法是“合欢”，乡下人干脆叫“戮花”。南门酉不忘在“合花”后，摘一片南瓜叶，盖在两朵花上面。月光洒在瓜叶上，慢慢地流动。瓜叶下，是花美美的梦。

南门酉在“合花”时，总感到有一双眼睛藏在什么地方，在偷偷地窥视他。他只是淡然一笑：你能看出什么门道吗？他装着什么也不知道，你想看

就看吧。干完了该干的活儿，他在草席上坐下来，抽烟，仰头望天上的月亮。

忽然不远处，传来一个好听的声音："合了花，为什么还要盖一片叶子？"

"那叶子是它们的碧罗帐。"

"老南瓜，你是个惜花人。我走了。"

"不送。"

南门酉一年四季都有南瓜酒喝。他酿酒的方法很独特，当第一个南瓜快熟时，便在瓜蒂旁钻两个深深的小洞，把做甜酒的酒曲捣碎成粉，从小洞中灌了进去，再用湿湿的泥巴把洞口封死。过上十天左右，酒便酿熟了。他饮酒的方法也很有趣，干了一阵活儿，从口袋里掏出一根打通了节巴的小竹管，扳开南瓜洞口的泥巴，插入瓜内，俯身吸吮。啧啧，太好喝了。喝几大口后，再用湿泥巴封住小洞，留待下次再喝。他会按时间顺序，酿出一"坛"一"坛"的酒，于是酒如流水不断。冬春两季呢，他的地窖里放着一个一个的老南瓜，都是灌了酒曲的，上面标好了日期，到时取出来喝就是。

南门酉的酒曲，是从村里夏秋香开的小店里购来的。这个小店里什么都有卖。夏秋香不到五十岁，人长得好看，待人也客气。只是命不好，丈夫早几年在外跑生意，出车祸死了，她硬撑着让孩子读完了大学，然后留学去了美国。南门酉除买酒曲外，油、盐、酱、醋、茶，什么都到小店去买。

这一天，南门酉去买一件红背心。夏秋香问："老南，我想买你一样东西，不知肯不肯。"

"叫我老南瓜吧，亲切。买什么东西呢？"

"南瓜酒。"

"你也想喝酒？"

"正是。"

"不要买，我给你送来就是。"

"老南，那怎么好意思！"

"住在一个村，不是一家人吗？"

夏秋香的脸蓦地红了，然后说："有月亮的晚上，我想……近近地……看你怎么合花……"

南门酉愣了一下，说："只要你不嫌弃，只管来看……"

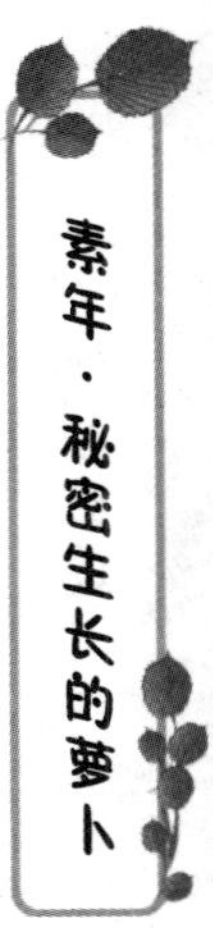

三两银子的薛平贵

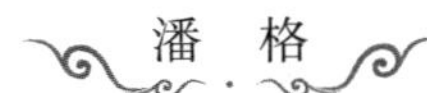
潘格

正上着班呢，一个电话打进来，搅乱了小米的一池春水。

打电话的是薛刚。屈指算来，小米和薛刚十年不曾联系。那时的小米，骄傲自负，写得一手锦绣文章，薛刚同样才气横溢，激扬文字。两人都迷恋京剧，那样的豆蔻年华，那样一同在西皮二黄里游园惊梦，两个人仿佛磁铁般互相吸引。那时，他们曾一起跑遍北京的胡同寻找历史，一起登门拜访名家，一起在台前幕后票戏。

最拿手的是《武家坡》选段。私下里，小米昵称薛刚为平贵。薛刚当然知道小米暗藏了一个王宝钏的梦。曾经爱到骨头里的两个人，终究不能牵手。薛刚去了异国，小米嫁为人妇。

如今，当年的薛平贵飞过西凉川四十单八站，回来见他的王宝钏。见是不见？小米纠结了。下了班，小米开着车往家走，竟然满脑子都是薛刚，一不留神差点儿跟前车追尾。

进门，看到先生卧在沙发上看手机，儿子抱着鸡米花看漫画。小米一把打开了音响，套上水袖，在胡琴咿咿呀呀的流淌声中，小米坐上时光机回到了从前。

“我要拉臭臭。”儿子扯着小米的衣襟，将她从梦中拉回现实。

“马上都是小学生了，拉臭臭还要妈妈帮忙？”小米一边抱怨一边把儿子抱到马桶上。然后继续回到梦中将一双水袖舞得眼花缭乱。

咔嗒。音乐戛然而止。

小米睁开眼看着眼前的丈夫：“又怎么了？”

先生笑：“你扮成这样在我面前咿咿呀呀，我觉得自己跟地主恶霸抢了一代名伶似的，特有罪恶感。”

“得了吧。”小米嗔他，“你那点儿资产哪配当地主恶霸啊，顶多就是一中农。”说着伸手要按音响。

先生伸手拦住了：“太吵了，消停会儿行不？”

小米没来得及说话，咣当一声，儿子高亢的哭声板胡似的悠长。

夫妻俩冲进卫生间，看到儿子躺在地上，脑袋上长出一个大包。

“怎么搞的？拉屎也不能好好拉？”小米黑着脸。

“也不问问孩子磕疼了没。”先生心疼地揉着儿子脑袋责怪。

眼角一瞥，马桶里的瓶子好眼熟，细看居然是小米刚买的一瓶眼霜！审讯之下，小坏蛋全部招供：拉臭臭无聊，把眼霜当滋水枪发射，射完了想消灭证据扔马桶冲走，结果人掉下马桶，案情暴露。

小米看着一个月的工资躺在马桶里上下浮沉，不由怒发冲冠，拉过屁股里还夹着屎的儿子一顿暴揍。

先生七手八脚地给儿子穿衣服，说：“走，我们远离这个神经病！”儿子早忘了疼，小手牵大手，欢欣雀跃做鬼脸：“再见，神经病。”

薛刚的第二通电话就是这时打来的。不只薛刚，还有一堆同学，说是庆祝毕业十年。

小米准时出现在大厅里，一如既往地自信干练。乌泱泱一堆人中，薛刚意气风发地走过来。同学们起哄：抱一个，抱一个！

薛刚伸出手：“小米，好久不见。”

小米克制着内心的波澜，将一切情绪调成静音模式。吃完喝完，浩浩荡

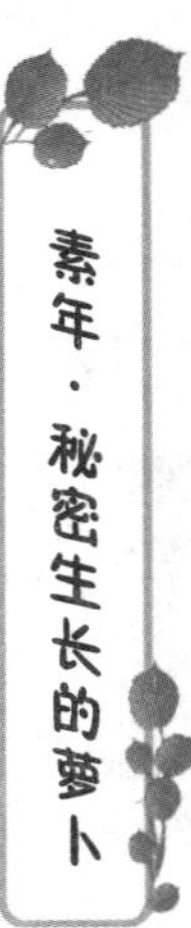

荡的一帮人杀向歌厅。大家集体鼓掌:薛刚、小米来一段!

拗不过,就唱《武家坡》,熟悉的西皮流水里,十年之后的薛平贵和王宝钏再见面,只是两个人都唱得有些荒腔走板。

散场后,小米开车拉着顺路的一位女同学往回走。女同学下车后拍了拍小米:"哎,今天多谢啊!"

"谢我什么?"小米一头雾水。

"要不是为了请你,薛刚能费劲巴拉地组织同学聚会?对了,今晚可都是薛刚买单,你不知道啊?"

小米愣了,她是真不知道。

清早到单位,一进门,桌上一束鲜花肆意绽放。小米抽出卡片,上面落款两个字:平贵。

也是在散场后的午夜,薛刚抱住小米。小米推开他,跑进空无一人的长安街。"对不起,亲爱的平贵,既然回不到从前,那就还是住在我的心里吧。"小米流着泪默默地说。

薛刚要走了。临别,薛刚端了酒杯走到小米面前:"再来段《武家坡》吧,

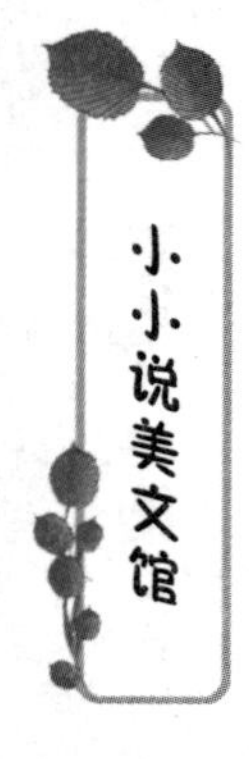

再唱不知何年何月了。”

但是，几分钟前，在洗手间，一墙之隔，小米听见那边薛刚带着酒意的声音传过来：“什么初恋呀？得了吧！谁回来看她呀，我是为了项目！好好好，一会儿就给你看薛平贵调戏王宝钏……”

锣鼓声起，云板悠扬。薛平贵与王宝钏的对唱就唱到西皮流水：“好一个贞洁王宝钏，百端调戏也枉然。腰中取出了银一锭，将银放在地平川。这锭银，三两三，拿回去，把家安，买绫罗，做衣衫，打手饰，置簪环，做一对风流的夫妻就过几年哪……”

小米傲然将手一丢，唱道：“这锭银子我不要，与你娘做一个安家的钱。买绫罗，做衣衫，买白纸，糊白幡，打首饰，置妆奁，落得个孝子的名儿在那天下传！”

声未落，人已远。留下众人面面相觑。

小米依旧会在桌上放一束花，送花的少年早已长大，再也不会掉下马桶；小米依旧会在西皮二黄里舞起水袖，操琴的人当年曾戏称自己是地主恶霸。现在，迎面走来的就是小米了。小米牵着儿子，挽着先生，一家三口走在菜市场喧闹的人间烟火里。

那个三两银子的薛平贵，被她永远丢在了武家坡。

丁兄

苏北

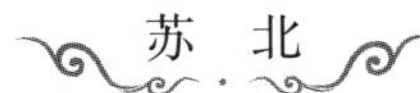

朋友丁兄给我发来一则短信，说：读到一句“正欲清谈闻客至”，感觉很好。

不久前我在某报也读到一句“友如作画需求淡”。你说巧不巧？正好凑成一副妙联。择日丁兄过来，便请他书与我，悬于书房。

丁兄是我儿时朋友，多年来我们过从甚密。我们之间真正是君子之交，有一回我到他家去，拎了几只苹果，被他臭得够呛。我自认为已是淡泊之人，可在丁兄面前，我却惭愧得很。

朋友之间，若能做到无功利之心，便可为知己。不久前我的一位朋友说，人过四十，也不想认识新朋友了。酒桌偶尔一见，说些闲话，过后连姓什么都不记得。我的另一朋友，有一回和我谈心，她说朋友之间，不能不聚，也不能常聚。保持一颗淡泊之心，弥足珍贵。

这都是四十以后的人说的话，想必人生是有境界的，一个年龄段一种境界。古人云：四十而不惑。想来不错。

还是说丁兄，二十岁的丁兄，可不是这个样子。丁兄相貌美俊，“鼻若悬胆”这个成语，我就是从丁兄的鼻子上学来的。那时的他性格刚烈，胸怀抱负。20 世纪 70 年代，他把雪白的口罩插在胸口，只有两根细细的白线露在

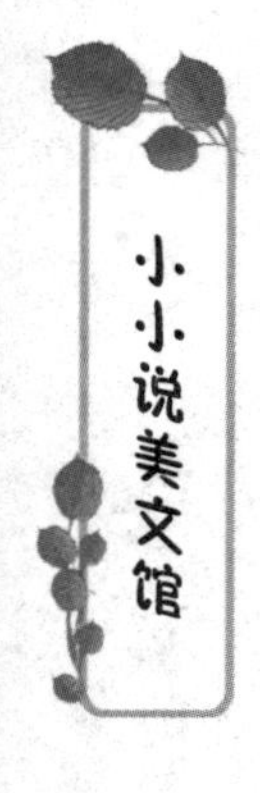

外面，相当潇洒；80 年代，他围着围巾，围巾一头甩在身后，很是倜傥。可生活对他并不厚待，他热爱文学，却未能成为作家；喜好书法，可如今那些未能出道的书家，又几近于商人，令丁兄不屑。于是丁兄只有受穷。日子一天天过去，丁兄也日见消沉，他无事就读些闲书，并不求甚解。稍有闲暇，他便到扬州、南京走走，逛逛园林，看看博物馆，也是不求甚解。现代人已没有“闲云野鹤”一说，若有，丁兄应算一个，只是有点落魄，相貌细看仍是英俊，可是人却是明显发福了。

我的家，丁兄是常来的。来了我便给他看看我新近的一些小文。可以说，丁兄成了我一个人的“批评家”，他的见解总是一针见血，我从内心叹服他的眼力。

他则淡笑着说：“现在我不看这些文章，你的才随便看看。”

是的，他看的多是杂书。什么《西湖名人故居》《扬州掌故》，等等。有时他来了，便约我到大蜀山林子里坐坐，他总是一边闲看，一边和我说些话。其实多为我听他说。他实在是极喜好清谈的人，可惜平时能和他谈得来的人并不多。他和我谈，也是倾诉。有时多日不见，他憋急了，说起来有些激动。我也可以说是他最好的听众，是能理解他的人——谁现在还有空去听一个人闲扯呢？可是我也感到自己越来越不是一个好的听众了。我读的书，对于他来讲，确乎是越来越少了。

近一段，我和丁兄见得越来越少了。有几次他来，我正要出差。他打过来电话，我也因有事推迟。有一次他过来，我正与朋友约好打球，无奈之下，我只有请他陪我一道去球场。他只坐了一会儿，便起身走了，我怎么拦也拦不住。他对于球，是不感兴趣的。对于我的那些朋友，也无所谓认识不认识。这一回他终于流露出小小的不满。从此我便知道，他其实在乎的，就是同我聊聊。那次在家看《断背山》，看到杰克和欧内斯，我忽然笑了，我和丁兄，是不是有点“断背山”？此当属玩笑，可我突然明白，男人和男人之间，虽不像女人有“闺中密友”一说，但友谊有时也是自私的，是排他的。

白居易有诗:“绿蚁新醅酒,红泥小火炉。晚来天欲雪,能饮一杯无?”丁兄的理想生活应该是这个样子的。别看我们都读这个诗,但进入这个境界,可不是人人都能的。

卢梭在《孤独漫步者的遐想》一书中说:“所有的人,无论贫富,都拥有两样最宝贵的东西:家里的自由和朋友的屋顶。”

是啊,下次丁兄再来,我不私自带他会友,只在家里陪他聊天。这样纯粹的朋友,人生有一二,足矣。

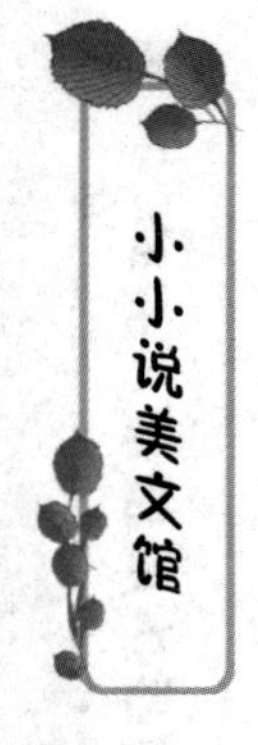

云

刘国芳

男人喜欢云，天上的云。天上出现好看的云的时候，男人就会拍下来。一天，男人拍了几张好看的云。随后，男人把这几张云的照片发了微信并配了这样一句话：天空其实是一个不实之词，云在天上，天就不空。

很多人为这条微信点赞，也有人评论：很美。有哲理。

一个叫云的女孩，是男人的微信好友，她评论说：不错，有我在，天就不空。

男人回复云一个笑脸。

这天，男人又拍了几张云的照片，仍配了一句话发在微信上，这句话是：云的美好让人向往，但这个美好的地方却无法抵达。

照样，无数人点赞，也有无数人评论：好有动感的照片。经典呀，透着人生的哲理。

那个叫云的女孩这回只在下面点了个赞，却单独给男人发消息说：真的吗，你想抵达那个地方？

男人回复：美好的地方，谁都想抵达。

云又发来一句：如果你想抵达，就能抵达。

男人回复：是吗？

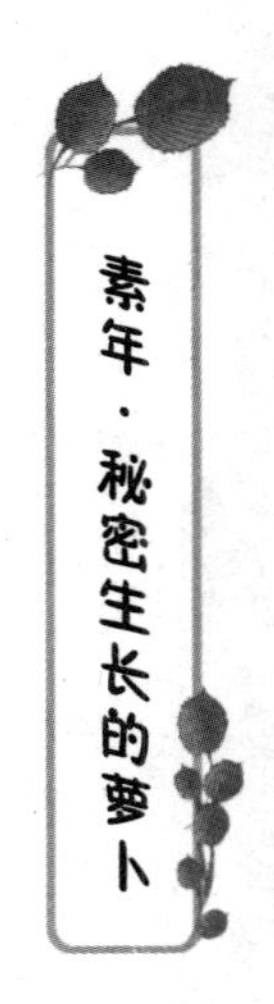

男人真的喜欢天上的云，只要看到天上有好看的云就会拍下来。这天，男人又拍了几张发在微信上。这回，男人配了这样一句话：一朵云在天上开成一朵花，看一眼，这朵花开在心里了。

毫无疑问，又是无数人点赞，也有无数人评论：云很美好，心态更好。你是不是喜欢上哪个如花一样的女孩呀，她在你心里？

那个叫云的女孩同样在下面点了个赞，但又单独给男人发消息说：这朵花是我，对吗？

男人说：不是。

女孩说：我觉得是，我叫云，你一再把云说得那么美好，你一定喜欢上了我，你微信下面都有人评论，问你喜欢上哪个女孩了。

男人回复：我真的喜欢天上的云，觉得很美。

云问：我不美吗？

男人回复：很美。

云说：那不是一回事嘛，你喜欢天上的云，其实是因为你心里有我，不是有一句话嘛，爱屋及乌，你这是爱云及云。

男人回复：真不是这么回事，我只是喜欢天上的云，你很美，我却不敢喜欢你。

云问：为什么？

男人答：因为我有老婆。

云又发来一句：这有什么，现在外面找相好，找情人的人多得是。

男人回复：不能呀，至少我不会这么做。

云说：很失望，我一直以为你喜欢我。

男人回复：别失望，你那么优秀，一定有更优秀的男孩喜欢你。

云再没回复，但过了两天，云忽然给男人发来一条微信说：我现在在河边了。

男人问：你在河边做什么？

云回复:走着走着,就到河边了。

接着,云发来几个落泪的头像。

男人问:为何伤心?

云回复:想想都没意思,我喜欢的人,他却不喜欢我。

男人回复:会有人喜欢你,一定会有。

云发来一句:哪有呀,我现在都行到水穷处了。

男人回复:这时候可以坐看云起。

过后,男人又发了一条微信,这次,是一个人坐在河边,河的对面,云在升起。这回,男人配了这样一句话:坐看云起不仅仅是一种希望,更是一种坚强。

那个叫云的女孩又点赞了,同时,跟男人发消息说:明白。

又说:谢谢!

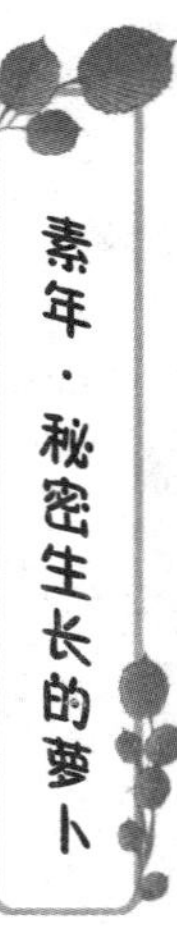

红灯记

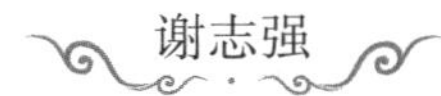
谢志强

塔克拉玛干沙漠的春天,风的威势有多大?

1974 年 3 月底,我高中毕业,被分配到农场的十八连接受“再教育”。十八连紧挨着沙漠。第二天,沙漠就给我们来了个下马威。

正值春耕备耕之际。早晨,童连长说:不出工了。

我们待在宿舍里,闭门关窗。可是,沙粒还是从门窗的缝隙里钻进来了。仿佛有一群汉子要进门,又是敲又是推。门窗不断响,用毡子蒙住窗户,玻璃像要破碎一般,风携带着沙子、石子敲击。屋顶落下滚动的石子。

沙暴刮了三天,突然停息。室内所有的平面都覆盖着一层沙子。人们嘴里也含着沙子。抖一抖被子、床单,一片沙尘。

打开门,我发现,门前的沙枣林带,细细的枝条生出豆粒般的芽苞。过几天,枝与枝之间的界线模糊了,沙子蒙着的芽苞钻出嫩绿的叶片。田野,像尿了床,东一片西一摊的湿润。大地解冻,渗出冰水。

童连长说:“冬天冻得太狠,春天才采取粗暴的方式解决问题。”

我的家乡在浙江,江南水乡的春天很温柔。浙江人在上海有亲戚。十八连有百十个上海支边青年,其中一个叫朱安康,跟我有曲里拐弯的亲戚关系,算起辈分,他是我的远房舅舅。

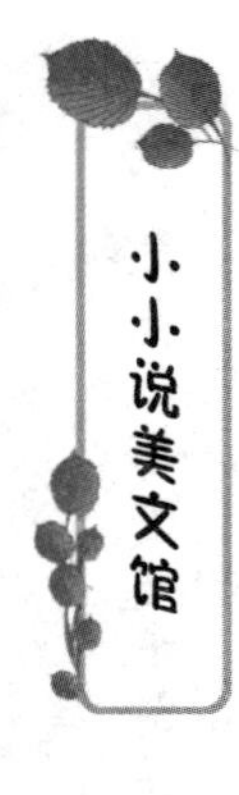

朱安康说:“这算啥?现在有防沙林带了,我们 1966 年刚到这里时,无遮无拦,刮起大风,连个抓的东西都没有,风可以吹跑人。”

1966 年,童连长,这个南泥湾大生产的垦荒英雄,接到团部的命令,要在沙漠的边缘建个连队,团里分配了 110 名上海支边青年。那年 3 月 8 日,朱安康同一批上海青年,从上海辗转来到军垦农场,在场部招待所休整了三天,童连长赶着牛拉的大轱辘车去接,傍晚来到了十八连驻地。

当时,起了沙暴。沙暴席卷过来,昏天黑地。牛车停在连部前的一片空地,连部不过是个临时挖的地窝子,看去也是大沙包,只不过竖了一根高高的杆子——没挂旗的旗杆,那是连队唯一明显的标志。朱安康抱住旗杆,风几乎要把他刮得脚离地面。

童连长命令:“全体卧倒。”

朱安康受不了,松开了手。

沙暴来得快,去得也快。一个多小时后,沙暴莫名其妙地停止了。大家纷纷从沙堆里面拱出来。沙漠似乎要掩盖所有的活物。

天色已黑。童连长立刻清点人数,发现少了三个人。

于是,本来用作欢迎的锣鼓,不是集中,而是分散,遍野敲锣打鼓,还伴着一声声呼唤。连队前边凭空增加了几个沙包,沙漠似乎又重新收复了它们的地盘。

安顿了其他的上海青年,童连长组织了连队的老职工,继续敲锣打鼓。夜深了,还是没找到失踪的三个人,其中就有我 1974 年认的舅舅。

童连长急了,那么远来到边疆,根还没扎下,人就在一场沙暴里失踪了,怎么向他们远在上海的父母交代?他拿出一盏马灯,灌足了油,叫了个能爬树的职工,说:把马灯挂上去。

旗杆的顶端挂上了一盏马灯。

童连长一夜没睡,亲自在旗杆下边站岗。他用砍土镘轻轻地刨连部前边的沙包——那是沙暴的成果。沙包里仅仅埋了行李、包裹。

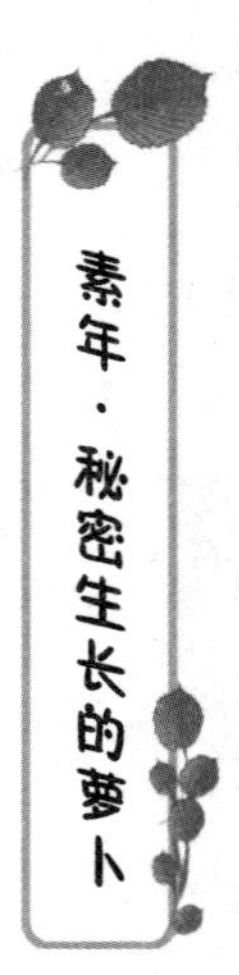

天亮了。遥远的地平线上升起了太阳。太阳给一群沙包镀上了金黄，平静得像是什么都没有发生过。

离连队驻地不远，一个沙包顶端还留着红柳的细枝，沙包增大增高了许多。朱安康从沙包里拱出来，好像一个帐篷在动，随后，沙包里又钻出来另外两个人。三个人身上的沙子像秃头泼了水一样，从头到脚流了下来，然后才显出人形。

昨晚朱安康松开旗杆，手脚乱动，总想抓住什么，却像游泳一样在沙地里漂移，身不由己。他说："幸亏被沙包截住了，不然，不知要被吹多远。"

三个人灰头土脸，吐出的唾沫是一团沙子，像浓痰。

童连长握了握他们的手，说："昨晚，你们没看见亮光吗？"

旗杆上的马灯仍亮着，但是，阳光强过了灯光——那一点儿光亮躲在灯罩里。

朱安康说："风刮得我糊里糊涂，晕头转向了。"

童连长说："你们三人昨晚看电影了吧？"

马灯已从旗杆上取了下来。

朱安康说："啥电影？"

童连长拎着马灯，说："《红灯记》呀。"

那一天，马灯就交给了朱安康。童连长说："这是大风的纪念。沙漠边缘出现了绿洲——我想象不出多年前这里还是一片荒漠，好像从塔克拉玛干沙漠里抠出了小小的一块，不过，每一年春天起沙暴，刮得遮天蔽日，沙漠总是趁机想要把十八连这一片绿洲夺回去。"

播了稻种，朱安康拎着马灯春灌。春夜的田野，一点儿一点儿的亮光在浮动。

五　叔

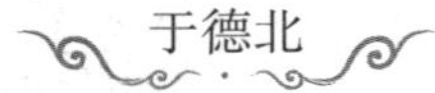

村子里的人说，五叔有点儿傻。原因是他得过脑炎。在我的印象里，五叔反应迟钝是有的，但说他傻，我至今也无法接受。

五叔内向，木讷，有点口吃。

这能算是他傻的理由吗？

关于五叔的傻，村子里有许多的“佐证”。

还是在生产队的时候，逢天旱，队长让一个半拉子劳力和五叔一起去浇葱地——“半拉子”是东北话，不顶一个的意思，算是半个劳力，多指半大的孩子。结果呢，半拉子上树逮鸟儿去了，留下五叔一个人干活儿。半拉子玩累了，趴在草窝里睡着了，一觉醒来，天已大黑，他望望葱地没人，拍拍屁股回家去了。

他那一望，正赶上五叔下河套打水去了，所以，他自认为五叔早就收工回家了。

都半夜了，家里人急了，找队长去问，大家又找半拉子，得知事情经过后，撒丫子往葱地赶。

那场面让人在哭笑不得的情况下，不由得透出心疼。

月光下，五叔一个人往返于葱地与河套之间，一桶一桶地把水泼洒在葱

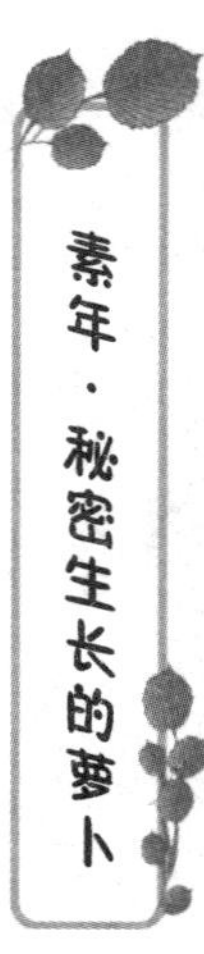

根上，让它们挺直了腰杆尽情地吸吮。田野上，除了小葱喝水的声音，其他的——虫子鸣叫的声音，风吹树叶的声音，大河淌水的声音——统统不存在了。

队长吼他："天黑了，咋不回家？"

他看看葱地，看看大河，说："没，没浇完呢。"

而对于这样一个痴人，你能说什么？

村子里的人说五叔傻，却不讨厌他，他有力气，肯干活儿，没有闲言碎语，更不惹是生非，谁家有事了，都愿意叫上他，他没什么技术，但一定是最忠于职守的那一个。

五叔年轻的时候，人们担心五叔娶不上媳妇。

五叔快四十岁了，大家认为他娶不上媳妇是正常的，试想想，有谁会把自己的闺女嫁给一个缺心眼的人呢？按常理讲，不会。

可是，哲人说得好，生活往往是意外和意外的链接。

五叔四十三岁那年，一股瑞气直接罩到了他的头顶——有人主动托人说和，想和他结为正式的夫妻，一起过日子。

这个人就是我的五婶。

五婶腿脚有毛病，走路一瘸一瘸的。她很小就找了婆家，嫁给一个比自己年纪大而且多病的人。后来，这个人死了。婆家不愿收留她，娘家嫂子不待见她，除了改嫁，她没有别的路可走。

她还有一个女儿，先天羸弱瘦小。

这样的条件，一般人家是接受不了的，可是五叔却觉得这是福气。他看她时，脸红红亮亮的，目光里含满深深的笑意。他穿了一身中山装去相亲，几乎没有犹豫，就把亲事定下来了。

五婶自尊心强，怕麻烦别人，更怕别人小看自己，所以，过门前就说好，彩礼一分不要，婚事无须操办，只求一样，让五叔分家出来单过。

对于五叔来讲，这还算是条件吗？

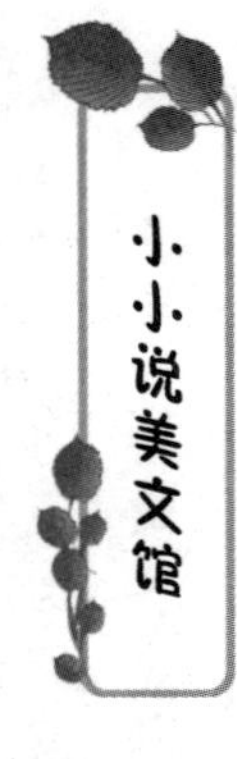

两个人悄没声息地走到了一起，先借后买，置下一处房子，不串不走，不来不往，不闻不问，安安静静地过起了东北话中所谓的“死门日子”。

有一年，我父亲回家省亲——他当时是《农村科学实验》的负责人——特意去看望五叔。哥俩唠嗑间，父亲说，化肥虽然能让粮食高产，却很伤地，时间长了，地就板结了，像人不能呼吸一样。死地或许能长草，却长不出好庄稼。五叔问他，那咋整？父亲说，还是农家肥养地。

父亲是新中国成立后村子里走出的第一个大学生，五叔从小就信他。

父亲的一句感慨，无意间决定了五叔以及五叔一家的命运，自那以后，五叔家的半垧多地只上农家肥，没沾染化肥的一丁点儿毒气。

村子里的人说五叔傻，五婶却支持他。他们在一起过得恩爱，不但把大闺女养胖了，还生了一个小小子。别人家的地高产，五叔家的地低产；别人家的玉米、谷子棒长穗大，五叔家的粮食从里到外透着羞涩。

卖粮的时候，人们会闲问：“卖了多少钱呀？”

五叔只是一笑：“够，够吃。”

按理来说，五叔是一个没有故事的人，可是，故事却在他施用农家肥二十几年后发生了，有一家自称专门往中南海供应粮食的公司找到五叔，把他家的地给包了。种玉米，种高粱，种谷子，种黄豆……种啥都行，收购价就是一个字：高。一亩地出别人家一垧地的钱，十里八村的人都恨不得扛着铁锹到五叔家的地里挖点儿土回来。

五叔已经六十几岁了，偶尔有家乡的人来城里打工或办事，见了我都说：“你五叔，发大财了。”

我想，五叔发了什么财呢？

应该这样讲，人活得简单了，就是快乐。

五叔，就是一个鲜活的例子！

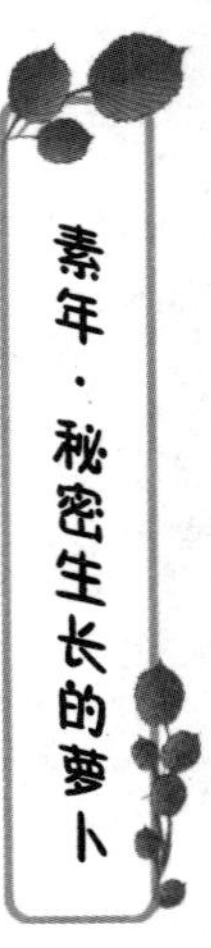

古 树

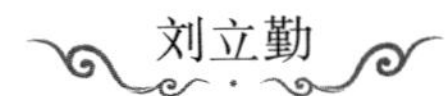

李婶没有想到,小儿子竟然把她的古树偷着卖了。

李婶的古树是一棵柿树。

那树还是在土改时分给他们家的,分给他们家的还有三间房子、一头耕牛、五亩薄地、一块荒山。到人民公社时期了,土地归公,耕牛归公,荒山归公,就剩下三间房子和这棵柿树了。柿树后来也差点儿归公了,要不是父亲拼死保护,大炼钢铁时就让人塞进了炼废钢的高炉子。

后来呢,李婶该出嫁了。婆家太穷,穷得连结婚的新房都没有;娘家也穷,穷得连件衣服也陪嫁不起。父亲叹口气,就把那棵柿树作为陪嫁,送给了她。嫂子不答应,和父亲大吵大闹,她想把那树还给父亲。父亲说:“我总得给你留一点儿念想吧。”于是,她就带着那棵柿树出嫁了。

那棵树不仅是念想,也是父亲送给他们的福分。

李婶结婚以后,赶上三年自然灾害,到处闹饥荒,春荒和冬荒更是让人难熬。春天还可以到处挖野菜,冬天呢?他们家多亏有了这棵柿树。树干粗壮,枝叶繁茂,每根枝条都挂念着人的不易,结出的柿子密密实实。靠着那些密密实实的柿子,他们家安然地度过冬荒,接上春天了。再熬到麦子上场,春荒也就过去了。

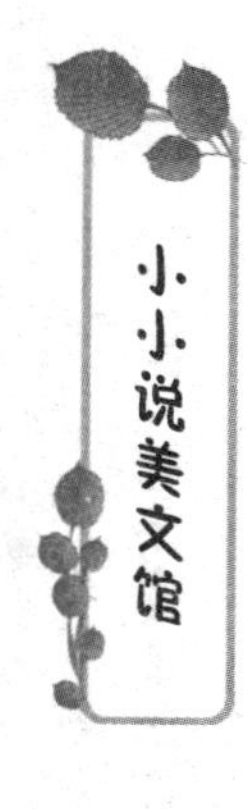

有了柿树的福荫，她家人丁兴旺，李婶一开怀就生下六个孩子——四个儿子、两个女儿。日子穷呀，拿什么养活六个孩子呢？还是那柿树。孩子小时候没有奶喝，李婶就用那红红的甜甜的柿子汁喂养孩子；长大了没有零食，李婶就做暖柿子、腌柿子，填补孩子空空的肚皮。李婶手巧，变着法子让孩子吃饱。要是孩子吃多了柿子拉不下，她也有办法——扯一把大黄，熬水让孩子饮下，放几个屁就好了。

孩子们欢快地长大了。长大的孩子要去上学，上学的书本、装书本的书包、写作业的铅笔，都是需要钱的。钱从哪里来？仍然是那棵柿树。柿树后是一所中学，那里的学生都是农村来的孩子。他们正是吃铁都能消化的年纪，身上连五分、一毛的零花钱都没有，粮票也买不来半个蒸馍。孩子们找到她家买柿子，两分钱一个，三个柿子就是一个鸡蛋。一树柿子卖完，那一棵柿子树相当于一群母鸡了。有了那群“母鸡”，书本铅笔钱有了，孩子过年的新衣服也有了。

眼看那柿树给她家带来那么多好处，不仅嫂子不服气，生产队里好多人也都眼气。民兵连长还带来一群民兵要割“资本主义尾巴”，扬言要砍了那棵柿树。好在父亲不怕事，他夺过斧头要拼命，还把那些民兵骂得狗血喷头，才保住了这棵树。

保住了她家的柿树，也就保住了她家的好日子。

孩子一天天长大，花钱的地方也多起来了。她觉得卖柿子已经不挣钱了，她学着做柿干、做柿子馍馍。尤其到了秋天，她还会做柿饼，先挂在房檐上晾干，然后放在柜里捂出白乎乎、甜津津的白霜。到了腊月背到集市去卖，一个柿饼要卖一个鸡蛋的钱，比养一大群鸡都划得来——养鸡还要喂粮食，柿树连米都不吃一口。

等到政策开放了，李婶又学会了做柿子醋，酿柿子酒。逢集的日子，把醋呀酒呀挑到集上，就有了半年的用度。后来呢，李婶干脆用柿子做招牌，开起烧锅，专门收购柿子酒、柿子醋，生意红红火火，他们家率先盖起了小洋

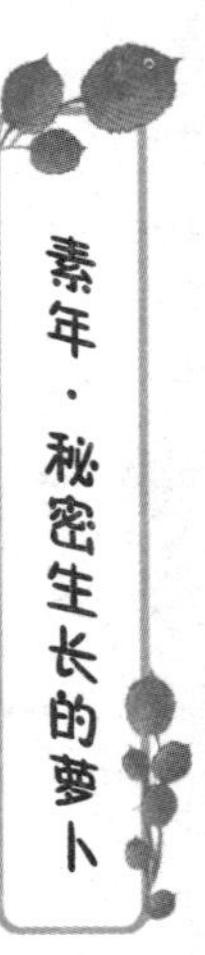

楼。孩子们都出息了，就连最不听话的小儿子也上了林校，开了一家绿化公司。日子像秋后枝头的红柿子，越来越红火。

遗憾的是，好日子来了，老伴儿却死了。老伴儿死在深秋，红红的柿子挂满枝头。安葬了老伴儿，李婶忽然觉得自己老了。她想把家里的事交给儿女，可谁也不愿意回来，好像和老家有仇似的。末了，她坐在挂满柿子的古树下，把偌大的家产分了。

李婶只把柿树和柿树旁的老房子留给了自己。

她感激古树。古树是她家的风水树，也是她家的根脉。曾经有人出了大价钱要买她家的这棵树。那真是一大笔钱，但那怎么能卖呢？那是他们家的福根呢。再说了，钱一花就没了，树却年年月月地养着自己。李婶设置了一小圈围栏，把树保护起来。她要在自己的老屋里陪着自己的老树。

做完这些，李婶专门进城检查了身体。她想把身体保养好，然后就守护着自家的古树过日子。她期盼着古树越来越兴旺，她希望给儿女们留个念想，也巴望古树保佑儿女们越来越幸福。

李婶急急赶回来，小儿子竟然把那棵古柿树挖出来卖了。

卖了多少钱呢？李婶不知道，她只知道自己的古树没了，知道老屋旁多了一个硕大的坑。她看到坑的四周是肥沃的泥土，泥土中满是密密麻麻斩断了的树根，而那些根都汩汩地流着眼泪……

她是我媳妇

赵　新

媳妇喜欢打麻将。打起麻将就忘了做饭，忘了吃饭，忘了孩子，忘了睡觉，忘了一切。媳妇身上有一种非常奇特的现象：端着饭碗可以悠悠地打盹儿，在灶前烧火可以歪在那里睡觉，但是一旦打起麻将，就精神得两眼放光，兴奋得活力四射。媳妇在梦里常常大呼小叫"和了和了我和了"，然后嘻嘻哈哈地笑醒，然后再睡再笑！

媳妇成了这样，家就不像个家，日子就不像日子了。

有人给他出主意，问他："老二，你没长手吗？"

他说："长着哪。没长手我怎么干活儿？"

那人就说："长着就好。你把你媳妇饱饱地揍一顿，把她揍扁了，揍趴了，揍断她一条腿，看她还敢不敢打麻将！没有规矩不成方圆，你媳妇就是欠揍！"

他摇了摇头："她是我媳妇，我下不去手。"

那人就说："那你猛喝酒！喝醉了再打她，喝醉了胆量就大了！"

他说："那也不能揍断她一条腿。她的腿断了，我不是还得背着她吗？"

那个人说："反正你得揍狠点儿，要不你媳妇改不了！"

那天晚上他一个人喝了不少酒。他准备把媳妇揍扁了揍趴了，可是喝

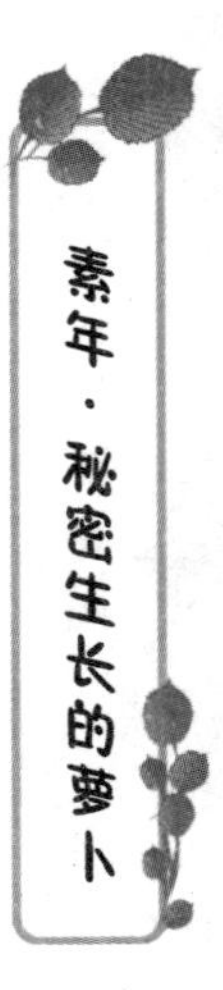

着喝着他的头晕了,躺在床上什么也不知道了。他醒过来的时候媳妇正在灯光下打扫卫生,原来他吐了一屋子,还把裤子尿湿了。媳妇批评他:“你呀你呀,你怎么傻喝?不要命了吗?快脱了裤子睡觉!”

他早把打人的事情忘了,他抓住媳妇的手说:“对不起对不起,丢人了丢人了,以后我再也不喝酒了……看起来,还是媳妇待我好。”

他不喝酒了,媳妇照样打麻将,照样忘了做饭忘了吃饭忘了干活儿忘了睡觉,还忘了正在读小学一年级的孩子。

又有人给他出主意,让他和媳妇离婚。

他说:“哎呀,离婚是闹着玩儿的事情吗?我没有这样的计划和打算。”

那个人说:“你不要真离,你拿离婚吓唬吓唬她!她胆小了,她害怕了,她就不敢打麻将了。”

他说:“她是我媳妇,我怎么吓唬她?”

那人说:“你别和她在一起睡觉了,你搬出去睡。你狠心点儿,她就软蛋了。”

那天晚上他真的搬出去了。他和七岁的儿子来到自己的老家院,在那条泥土味儿很浓的土炕上躺下来睡觉。

儿子问他:“爸,咱们怎么来这里睡觉?”

他说:“爸想和你妈离婚,所以来这里睡觉。”

儿子哇的一声哭了:“爸,不好不好,离了婚我就没娘了!”

他的心猛一抖,抱起儿子就往回走,一路走一路小跑。

儿子问他:“爸,不离婚了吗?”

他很响亮地亲了儿子一口:“你不能没娘,你还太小!”

打又打不得,离又离不得,媳妇执迷不悟,照样把麻将打得如火如荼、地动山摇。于是房后的二婶偷偷地给他出了个主意,让他把他岳父接到家里来,让那老汉好好教训教训他闺女。

二婶悄悄地说:“孩子,我和你媳妇是一个村的娘家,我最了解你媳妇的

脾气和性格。你媳妇这辈子天不怕地不怕最怕她亲爹,她爹一动怒一发火,她就乖乖地听话了!"

他说:"婶子,这个办法我也想过,可是老人上了岁数了,还能让他上火、动怒、生气吗?"

那天晌午,他正蹲在灶前烧火做饭时,老岳父突然闯进家里来了。

老汉阴着一张脸,一进门就问他:"怎么你做饭?你媳妇呢?你给我把她找回来,我和她有话要说!"

他一看老人满脸带气,浑身是火,肯定是教训他的闺女来了,就撒了一个谎说:"爹,她在村南浇地呢,她说我做的饭好吃,就让我先回家做饭。"

老汉说:"不能吧!她是不是又在哪里打麻将,忘了给你做饭了?这个丫头就是该打,你不打她她就不知道天高地厚,不知道人世间还有王法了!"

他郑重其事地说:"爹,这事我还能骗你吗?你先抽支烟,消消气,我马上到地里找她去!"

闺女回来了,闺女肩上扛着一张锨,脸上带着一层汗,浑身泥水,一副疲惫不堪的样子。

老汉笑了,迎上来问道:"丫头,你真的在村南浇地?"

闺女说:"爹,都快累死我了,这么热的天气!"

老汉说:"这就好,这就好,咱是庄稼人,哪能不累?丫头,我听说你光打麻将不干活儿,让村里人说三道四,议论纷纷。你女婿呢,怎么见不着他了?"

闺女说:"他去给你买酒买菜了,他说必须请你吃好喝好。"

于是喝酒、吃饭,一家人和和睦睦,花好月圆。老汉兴高采烈地走了以后,媳妇真的扛起一张锨,要到地里浇水去。

他感到十分吃惊,问她:"哎,你不去打麻将了?"

媳妇说:"不去了,我现在对天发誓,我再也不打麻将了。"

他说:"那是为啥?"

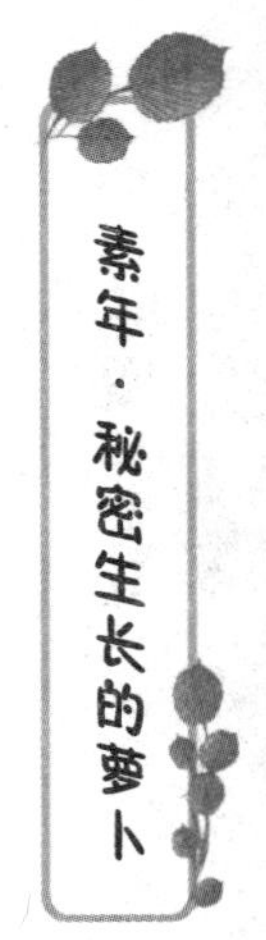

媳妇说:“为你！有人让你打我你不打我,有人让你和我离婚你不离婚。今天你又把我从麻将桌上叫出来,给爹演了一出戏。你为了什么？还不是为了我,为了咱这个家吗？世上没有不透风的墙,我什么都知道!”

媳妇哭了,媳妇的眼泪稀里哗啦掉下来,打湿了脚下的一片黄土。

媳妇洗衣做饭,出工下地,养牛养羊,喂猪喂鸡,一下子忙得披星戴月,夜以继日。

那一天二婶悄悄把他叫住了,二婶说:“孩子,还是我给你想的办法灵验吧,你看我让你岳父来了一趟,你媳妇就把打麻将的毛病彻底改掉了,这叫卤水点豆腐,一物降一物!”

他笑了。他说:“谢谢婶子,谢谢婶子。”

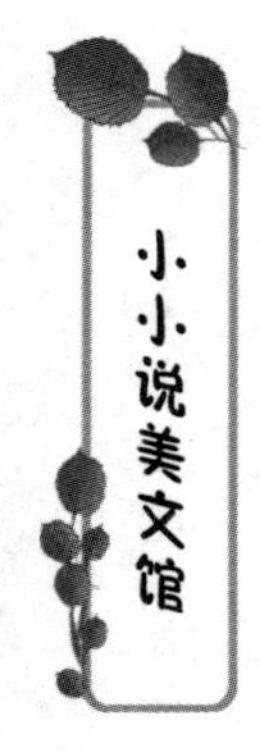

盛大的节日

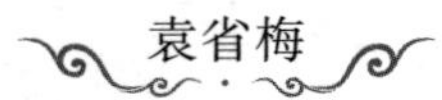
袁省梅

进了闰四月后，天好像加了热劲儿，一天比一天热了。天一热，无端地让人有几分困倦，懒懒地，啥也不想干。接着又下了两场雨，天就凉了下来，又清凉又温润，人倒是舒服了。老头子就跟老婆子商量，闰月了，把老衣买下。

镇上有三家老衣店，老头子老婆子挨家转着看了，都不满意。

老婆子说还不如自己做。

老头子说："一针一线地啥时候能做成？"

老婆子就乜了他一眼，说："你急啥，慢慢做，今年做不成明年做，明年做不成，后年接着做。"

老头子说："你个老牛抬蹄子，要做到我八十啊。"

老婆子说："我要做到你一百岁。"

老头子老婆子在集会上扯了绸缎、里布，买了各色缝纫线。四月初八这天，老婆子取出绸缎开始裁剪、缝纫。绸缎堆在炕上，灰黄的屋里就亮堂了，几乎是富丽堂皇了。蓝的是宝石蓝，红的是暗酒红，绿的黄的，都是暗色，却也是饱满的，圆润的，是经了风雨经了霜雪的，沧桑中现出了风情和华彩，自然就有了一股子富足和安宁，是贵气和心满意足了。就是那块明黄色缎子，

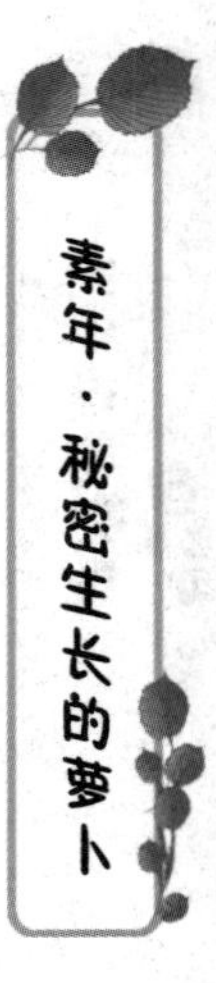

老婆子说做个鞋面子,也不艳丽,倒有着说不出的风情和体贴。绸缎上的两张老脸呢,也被绸缎耀得光亮、欢喜,精神了许多。羊凹岭这块地方,上了岁数的老人,老衣多是提前就做好了的,也多是选了绸缎料子。做的样式呢,也是民国时期的,男的是对襟褂子,缅裆裤;女的褂子不是对襟的,是斜襟,裤子也是缅裆裤,裤子外还有裙子。

老头子说:"不还得叫个全人吗?"

老婆子低头裁剪着:"全人?你把村里头的人扒拉下,看能找下个全人不?"

"咋没有?不过是人都不在屋里嘛。"

"是啊,人都忙着挣钱哩。"

老头子心说,就是自己,也不是全人了,娃和媳妇去年去陕西打工,一车翻下去,俩人都没了,把他们的老衣穿走了。要不,他们快八十了,还用得着自己做老衣啊,娃和媳妇早就给他们买好了。

老头子不说话了。

老婆子怕他伤心,扯着一块缎子叫他看,说:"你瞅这个,给我做个棉袄,好看不?"

老头子一看是块枣红色缎子,本色的寿字图,就连连点头。

老头子又扯了块绿缎子说:"这个给你做个裙子。"

老婆子就笑了:"还不是你选的,非说好看,你没听人说红配绿臭狗屎吗?"

老头子抖着手里的缎子:"关人家屁事,我说好看就好看。"老婆子就骂他是个犟驴。

老婆子把一件件裁剪了,又在缝纫机前缝纫。

老头子呢,叫她安心做,他做饭。

老婆子和老头子一个炕上一个炕下,各自忙着,嘴上呢,就有一句没一句地扯开了。老婆子说着闲话,手里的活儿也不耽搁,一针一线也都是仔仔

细细,不打半点儿马虎眼。阳光透过窗玻璃,映在炕上的绸缎上,那些绸缎发出淡淡的光,静谧、妥帖、岁月静好的样子。

拉拉扯扯地做着,闰月都快出去了,老婆子终于把老衣做好了,还裁了两块手帕:一块蓝的上面白道道,是老头子的,她给锁了毛边,叠好,装到一件黑缎子棉袄兜里;一块红的上面绿道道,是她的,一样叠好,板板正正地装到她的老衣兜里。老头子的老衣是一个蓝色包袱,她的是一个红色包袱。看着鼓鼓的两个包袱,包的不是日常的衣服,而是老衣,是再也不能回转身的衣服,也不能染了这世界一粒尘土。一件件衣服泛着黯淡的光芒,似乎在诉说着,所有的用心和努力都到了尽头,希望到了尽头,爱也到了尽头,是曲终人散、良宵将近了,是最后的末路,要退场了。老婆子的心里陡然生出一股悲凉。

老头子却欢喜地说:“大事完工了,咱做几个好菜喝一杯吧。”

老婆子说:“那要看你有没有个心了。”

小瘦肉,醋泡花生,凉拌白菜心,香椿炒鸡蛋,辣椒炒肉,老头子做了一桌子菜,还熬了一锅白菜粉条子烩菜,是老婆子最爱吃的。

老婆子没想到吃饭时,老头子要穿上老衣,说是要看好看不!

老婆子就有些怨怪:“我都叠好包起来了,再说了,就是个老衣,又不是走亲戚的衣服,好看不好看有啥呀。”

老头子说:“等我哪天穿上它,就是走亲戚去了。”

老头子把里里外外的三身老衣都套在了身上,也叫老婆子试试,说:“还挺舒服哩。”

老婆子不穿,想说穿这衣服时,你咋还晓得个舒不舒服,然而瞅见老汉高兴,就咽了口唾沫,没言语。

老头子解了老婆子老衣的包袱,抖开一件,也要老婆子穿:“我得记住你穿上老衣是个啥模样,别过了奈何桥,吃一碗孟婆茶,把我吃糊涂认不出你来了,你也好好瞅瞅我,记住我……”

老婆子听着老头子的唠叨，眼就酸了，骨碌碌滚下两行泪。

老头子呢，欢喜得好像穿的不是老衣，真的是他走亲戚的衣服。

今天呢，也不是平常日子，是他俩的节日。盛大的节日。

老婆悄悄抹把泪，把老衣一件件穿上了。

他那里下了一场雪

曹隆鑫
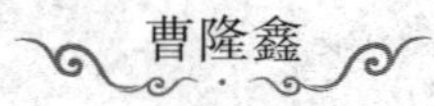

他每天都要出去巡检线路,回来后每天都有很多话要说给我听。

他问我:“你喜欢搬家吗?”

我以为他要搬新家了。

他说:“今天在电线杆上碰见一个刚做的喜鹊窝,我把喜鹊窝挪了个地方,真不知道喜鹊喜不喜欢我替它搬的这个新家。”

有一天,他又问我:“你喜欢杜鹃花吗?”

我说:“喜欢,可是现在是冬天,还未到杜鹃开花呢!”

他说:“我不小心成了刽子手。”

我有些不明白。

他说:“我从电线杆上跳下来,一脚踩了杜鹃树,从断了的枝条上流出血一样的液体,它一定是疼了,流血了!”

认识他已经很久了,当然是在网上。

他说:“我们见个面好不好?”

我说:“不好。”

他说:“我们这里有座山叫爱云山,有座水库叫爱云山水库,山清水秀,空气极好,连外国人都喜欢来我们这里玩。”

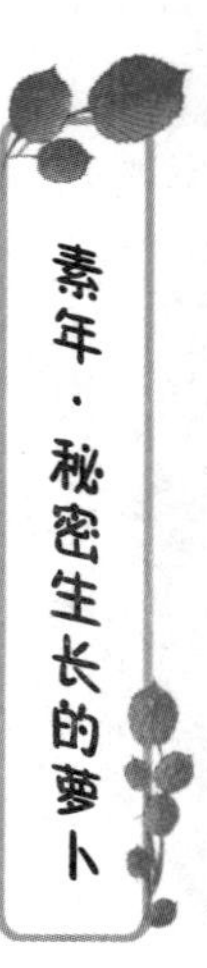

我说:“你那里再好玩,我也不会去。”

“为什么?”他发来一个大大的问号。

我送他一张怪脸,然后说:“一见面,就不好玩了。”

说真的,我从没考虑过要打开视频和他见上一面,更不要说千里迢迢去他那里玩了,尽管我有什么心里话总兜不住要第一个告诉他。

见他沉默,我就和他开玩笑,说:“我喜欢雪,你那儿下雪了我便去。”

他在南方,那个从不曾像模像样地下过一场雪的南方。

那年的那几天,一翻开报纸,一打开电视,铺天盖地都是他那里关于雪下得没完没了的新闻。

他那里史无前例地下雪了,而且还下得很大,难道说,天也要成全他?

打开QQ,新消息嘀嘀地响起来,总以为是他发来的。偷看他的头像,灰灰的。还好,他没在线,但愿他能忘掉我的话。

但是,他的头像一直灰着,难道他口是心非,怕我真的要去找他?

我有些生气,干脆不隐身了,亮了自己的QQ头像,坐等他,他却还是没有发来消息。我手下噼里啪啦地敲出一行字:你那里下雪了吗?我重重地点击了一下发送键。

几天后,我的城市也开始下起雪来,雪很小很小,像是从很远很远的地方长途跋涉而来,累坏了的样子,一落到我的掌心,就化成了泪珠的模样。

而他一直没有消息,好似失联了。我一遍一遍地翻看聊天记录。

他说:“你喜欢搬家吗?”

他说:“我把杜鹃弄疼了,杜鹃流血了!”

他说:“我们见个面好不好?”

…………

他怎么就不说他那里开始下雪了呢?

开春时,我迫不及待地去了他那里。我看见电管站门口一些出出进进的人,他们的腰上束着褐色的宽牛皮腰带,腰带上插着钳子、剪子、螺丝刀等

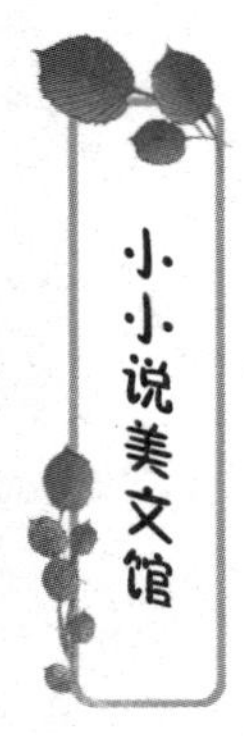

等红红绿绿的工具，他们像特种兵一样精神。小餐馆都打烊了，我还坐在那里隔着玻璃窗痴痴地看着。老板娘在我对面坐下，陪着我看了一会儿，然后轻叹一声，说："少了两个。"

我问："怎么少了两个？"

"去年的那场大雪！"

我说不下去了，我的预感还是准确的。

老板娘说："走了一个。"

我拿眼睛看老板娘。老板娘说："怕了呗，辞职了。"

我艰难地问："那另一个呢？"

老板娘说："另一个在爱云山上，永远留在了那里。"

小镇上没有卖玫瑰的花店，我去爱云山空着手，手里却似有千斤在握。我看见矗得笔直的电线杆，真像他的脊梁，虽然我从没有见过他，但我知道他一定是在欣喜地看着我。我轻轻抱抱电线杆，我又蹲下身子，轻轻地吻了吻开得正艳的杜鹃花。我听见他在说："我把杜鹃弄疼了，杜鹃流血了！"我一边寻找着喜鹊窝，一边大声告诉他："杜鹃不疼，杜鹃很坚强！"

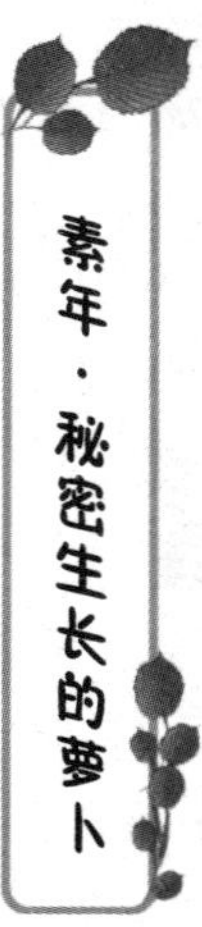

包子的香味儿

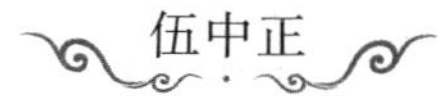

那年高考结束后，我没有在家里等录取通知书，而是去了壮叔包子铺。

王镇是大山脚下一个热闹的小镇。壮叔的包子铺就在王镇上，离我家有二十多里地。每逢集日，镇上更热闹，十里八乡的人都来赶集。

壮叔包子铺的生意很好。一个理由是壮叔的包子做法很有讲究，肉馅菜馅调拌好，蒸出来的味道不一般，很香很香的。另一个理由就是壮叔在镇上经营了三十年，人脉资源广。镇里镇外的人认识得多，回头客也多。在王镇，几乎没有不知晓他的。

时间一天天过去，我在壮叔包子铺干了一个月活儿，也等了一个月，最终没等来我的录取通知书。我就下定决心在壮叔的包子铺里干。

壮叔看出了我的心思，对我说："干吧！都是些粗活儿，哪天不干了也行！"

起初来的时候，几乎是打杂，挑水、劈柴、扫地、关启店门。渐渐地，壮叔就让我揉面、做馅、包卷、蒸包子了。

那年放寒假的第一天，我在包子铺前看见一个小男孩。那男孩八九岁的样子，头发稍长，穿的旧棉袄上少了两粒扣子，扣得不是很紧，好在那天不是很冷。男孩很安静地站包子铺前，不跟任何人说话，只是看着蒸笼里冒着

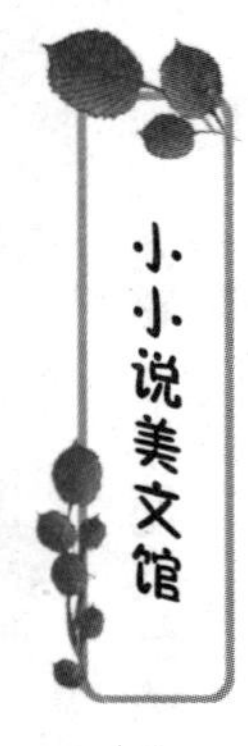

热气的包子。每出一笼热乎乎的包子，男孩的脸色就很快地改变一下，变得好看一些。

男孩是上午九点钟来的，临近中午才走。其间，我没有问男孩要不要买包子，也没有私底下给他包子。

我看着男孩转身离开。男孩走得不是很快，过了很久，他转过身，还朝着壮叔包子铺回望，实际上，他是朝着蒸笼里热气腾腾的包子望。

我把男孩站在包子铺前的事跟壮叔说了。壮叔不以为然，还大声地提醒我："像这样的小男孩，要提防着点儿，他会冷不防地从蒸笼里拿了包子就跑，你拿他没办法的。"

快到年关，包子铺的生意仍像往常一样地好。预订包子的人不但没有减少，反而增多。腊月二十八，壮叔跟我说，蒸完最后的八笼包子，就不蒸了。我知道，那八笼包子蒸完，就意味着过年了。

那天中午，男孩又来了，看起来跟上次不一样，头发剪短了，棉袄上的扣子也钉上了，仍然很文静地站在那里。从中午来，到下午离开，他足足站了四个钟头。我没有看出那个男孩有拿走包子的迹象。看来，壮叔的眼力出了点儿问题。

等我跟壮叔卖完包子,那个男孩也回家了。临走,男孩眼里憋着的两串泪终于掉了下来。男孩几乎是跑开的。

我跟壮叔辞别,就回家过年了。过年后,我随打工的人群去了南方的一座城市,一去就是十年。

十年后,我又回到了家,在家里,我看到一档寻亲电视节目。帅小伙跟他娘几乎用了十年时间,在他爹打工的工地、在他爹去过的城市寻找已经疯掉的爹。电视里,帅小伙终于找到了爹。节目中,我看到当年的那个男孩长成了帅气的小伙。他给电视机前的观众讲了一个故事。那个故事的题目就叫《包子的香味儿》。

帅小伙说:“在我九岁那年,我爹在一家建筑工地打工,打了一年工,老板跑了,爹一年的工钱一分没有拿到。爹不敢回家,也没有回家。我跟娘过年,没有买一片肉,更没有买其他的年货。快过年的时候,我就跑到王镇的包子铺去闻包子的香味儿。闻好了闻够了,就回家。好在包子铺的老板很善良,他没有赶我走,让我在他铺子前闻了一下午的包子味道。”

“回到家里,我把这种味道告诉娘,过年不用买包子了。娘很满足。”

“我跟娘说,要是爹在城里能闻到包子的香味儿,年就好过了。”

“娘一听,抱紧了我,眼泪吧嗒吧嗒地落在我的脸上。”

帅小伙的故事还没有讲完。我已泪流满面。

过完年,我再去找壮叔。壮叔正在铺子里忙活。我有了一个想法,不管壮叔同意不同意,往后,只要看到站在包子铺前的男孩女孩,我都会送他们两个包子。我要让他们的舌尖,真正感受到包子的香味儿。

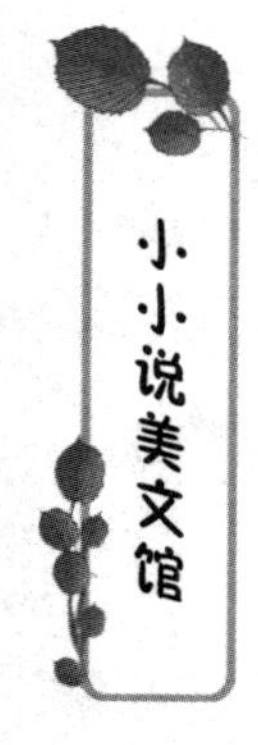

桂花的味道

田世荣

女人只要经过这里，总要望一眼对面的桥，下意识地吸几下鼻子。

桥是那种司空见惯的桥，有些老旧，只有桥下的流水每天都是新的。

那年，女人和男人在桥上相逢。男人捧着一束桂花，桥上满是桂花的味道。可是，结婚后，他俩已经好久没到桥上去了。女人想，也该挤出点时间，上桥走一走了。

女人和男人早就说好，等到第八个结婚纪念日，每人要拿出所挣的钱，看谁的多——他俩要买一套大房子。每次想到这里，女人脸上总会浮现出桂花般的微笑。

这天，女人等到傍晚，男人才回家。女人急忙热饭。男人洗完手，开始狼吞虎咽。他身上的香水味，直扑女人的鼻孔。女人闻得出，香水是桂花味儿的，让她立刻想到了桥。然而，她很快反应过来，这是香水，不是桂花。

女人打了个激灵，心里有些难受，敏感地望着男人。

男人朝她笑了笑，表情略显疲惫。

女人问："怎么回来这么晚？"

男人说："单位加班。"

女人又说："今天不是该放假吗？"

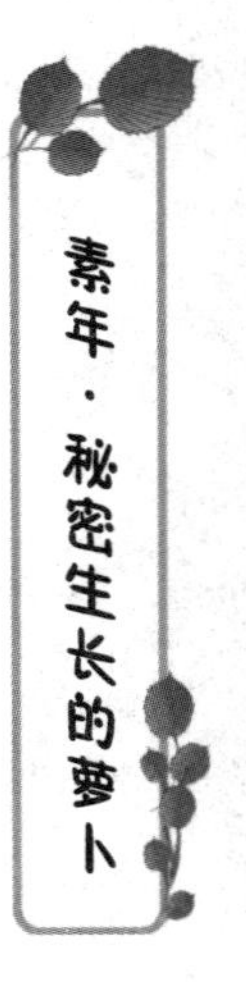

男人又朝她笑了笑，眼神恍惚，重复道："就是加班。"

女人想问他身上哪来的香水味，但话到嘴边，又咽了回去。

接下来，男人每逢周六周日都要早早出去，很晚才回来，每次身上都有香水味，还挺规律的。男人总是说，从今往后，可能加班要成常态。女人隐隐觉得，男人话里有话，似乎在为自己的行为做铺垫。女人想，结婚这么多年，他俩感情融洽，从没吵过架，也未红过脸。加班的事，她能理解，可是，莫名其妙的香水味，她怎么都想不通。

女人把不安和警惕，当成一包种子，悄悄埋在心底。

女人天天去单位，下班还要忙家务，属于自己的时间很少。于是，她让一个清闲的闺密，帮她摸摸男人的外情。

几天后，闺密告诉女人，男人的单位周六周日都放假，根本无人加班。

女人开始心事重重，这天下班她没急着回家，来到了桥上。这时，起风了。风吹乱了她的头发，还吹皱了桥下的水面。她在水中的倒影支离破碎，就像枯萎的桂花。她记得，她第一次和男人站在桥上，水中的倒影是多么清晰。还有，那束桂花的味道，令人沉醉……可是，现在这桥，已然寡淡无味。

不安归不安，但女人每次从桥附近经过，还是要望一眼，觉得那桥上依然弥漫着桂花的味道。

没过多久，闺密又告诉女人，周六和周日，男人总去同一个地方，那里是郊区，离她家很远。闺密将亲眼所见的事情，毫无保留地告诉了女人。

女人听后张着嘴，心潮起伏，泪流满面。

闺密安慰说："事已至此，你就佯装不知，别捅破窗户纸了，还是安于现状为好。"

女人说："这样的事，他真不应该瞒我，何必呢？"

女人说到这里，脸一红，头一低，好像自己也做错了事。

闺密看出了女人的心思，说："我觉得，你好像也对他隐瞒了什么。"

女人急忙岔开了话题。

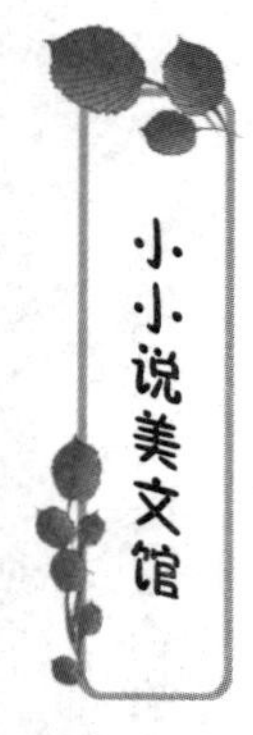

女人依旧照常对待男人，从不追问香水的事。男人依然如故，好像什么事都未曾发生。

闺密对女人说："你们这小日子，过得悬念迭起，真有味道。"

转眼到了夏天，女人和男人吃罢晚饭，见天色还早，便一同来到桥上。

男人说："好久没到桥上来了。"

女人说："桥是原来的桥，只是旧了一点儿。"

男人说："可河水是新的，依然清澈如故。"

他俩并肩倚着桥栏，凝视着水中的倒影。

女人说："看见没，咱俩的影子，还是那么清晰。"

男人幸福地笑了。突然，女人闻到了桂花的味道。她转过脸，见男人用拇指和食指捏着一只小小的香水瓶，盖子是打开的。

男人有些遗憾地说："这个季节，还没有桂花。"

男人似乎等着女人问什么，女人也似乎等着男人问什么。可是，他俩就那样站着，温情的目光，亲吻着水面的两个倒影……

女人知道，男人为了多挣钱，在郊区的香水厂兼职，但男人没说。

男人知道，女人也在兼职挣钱，但女人也没说。

夕阳染红水面的时候，桥也红了，就连桂花的味道，仿佛也是红彤彤的。

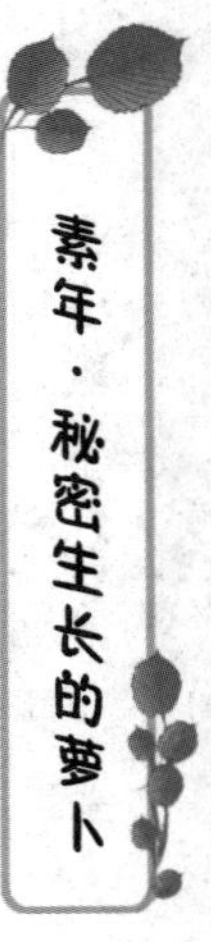

工程师小杜

小杜站在客厅中间看老杜安装那盏大灯。

老杜在脚手架上爬上爬下，一身汗津津的。

小杜说：“歪了歪了。”

老杜把灯向左边移了移。

小杜说：“你往右移嘛。”

老杜又往右移了移。

小杜说：“移多了，往左一点儿。”

老杜抹了一把黑汗，脸一板说：“你来好不好！”

“我来就我来！”小杜一个原地跳高，蹦上了一米多高的脚手架。定位、钻孔、接线、上螺帽，三下五去二，一盏大灯就安好了。

从脚手架上跳下来，小杜洗了手，拍了拍衣服，两手插进屁股后面的裤兜里，把耳机插到耳朵里听起了音乐。

“安好了又怎么样？像个二流子。”老杜说着，脸上有了一些笑意。

我看他们父子俩的架势，觉得有趣，走过去说：“老杜，后生可畏，看来你该让位了。”

我又对小杜喊道：“小杜，现在干什么工作？不如帮你爸来做电工。”

小杜扯下一只耳机，说："做电工？太小瞧人了吧。"

小杜撇了撇嘴，听着耳机摇头晃脑地走了。

我问老杜："你儿子现在干什么？"

老杜说："刚大学毕业，没事来工地上玩玩，志向高远得很呢，说以后要成为机电工程师，但愿呀但愿！"

小杜后来又到工地上指手画脚了几回，不久就到东莞去了。

大概两个月后的一天，我在另一个工地上看到了小杜。他穿着一条有许多洞的牛仔裤，打着赤膊，脚趾上夹着一双人字拖。

我说："小杜，你不是到东莞那边做工程师去了吗？怎么又回来了？"

小杜不作声，瞟了我一眼，继续用起子上开关。

我躲在一边打老杜的电话："老杜，你儿子不是去当工程师了吗，怎么回来了？"

老杜说："去了不到两个月，换了三个厂子，闷声闷气地又跑回来了，没辙！"

我们公司技工青黄不接，要培养一批年轻人。我说："小杜，做电工一样有出息嘛！不过，既然在公司做，就要遵守公司制度，打赤膊，穿拖鞋，都是违反公司制度的，要把工作服穿上。"

小杜不屑地说："你以为我会做电工吗？我是看我家老头儿搞不过来才帮一下忙的，我明天就会去北京。"

小杜一连两天都没有去北京，继续打着赤膊、穿着拖鞋在工地上安插座开关板。我打电话吼老杜："如果明天我再看见你儿子在工地上打赤膊穿拖鞋，就要把他赶出去！"

晚上，业主一个电话把我吓坏了："夏经理，你安排的什么电工？我家客厅的大灯掉下来了！"

我心急火燎地赶到业主家。那盏五万块钱的大灯晃荡着，要不是还有一只螺丝挂着就掉地上报销了。我又逐个检查了一遍插座，发现小杜把五

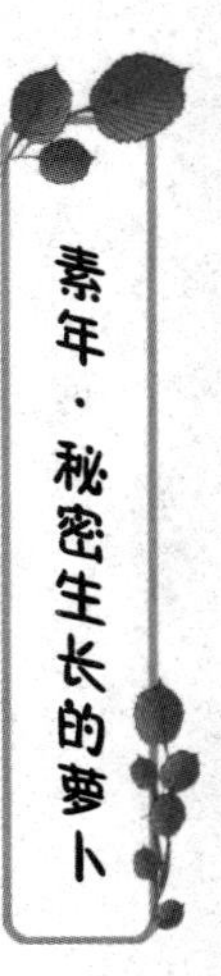

个插座的零线和火线接反了。

我大骂老杜:“老杜,叫你的宝贝工程师儿子滚吧!”

小杜第三天没来,听老杜说到上海去了。

不到二十天,我又看到了小杜。

八月十五不到,天气还很热,小杜穿着老杜的秋装工作服,袖口和领口都扣得规规矩矩。他见到我,立刻把耳朵里的耳机扯了下来。他有意地躲开我。我也懒得理他。

小杜默默地在工地上干了一个月,我们俩才慢慢开始说话。

我问:“不当工程师了?”

他说:“干什么不都一样吗?”

我说:“好男儿志在远方嘛。”

他说:“还是脚踏实地好。”

三个月后,小杜当上了电工班长。

有一天在家里吃饭,我老婆问我:“小杜怎么样?”

我有些莫名其妙:“什么小杜,哪个小杜?”

我看见女儿把碗遮着脸吃饭,一下明白了几分。

我说:“这是不可能的!一个小电工!我女儿可是公司的高级设计师。”

以后见到小杜,我又不和他多说话了,看他那小样儿,总觉得像是打入身边的敌人的卧底!

小杜连续三个月获得优秀电工班长称号。年底,他被晋升为公司水电部部长。

腊月二十三过小年,小杜一脸窘态地站在我家的客厅里,女儿生怕我吼他,战战兢兢地挨着他站着。我老婆倒是把脸笑得像一朵金丝菊,说坐吧坐吧,还站着干什么?

唉!没办法,丈母娘看女婿,越看越欢喜啊!

捡贝壳的女人

“真美!”

女人闻声回头时,看见一个举着相机的男人正对着自己笑呢。蓦地,女人觉得脸很烫,慌忙扭过头,有点慌乱地继续弯腰捡拾贝壳。

“看看,多美。”

那声音似乎是贴着耳根滑进女人的耳朵,似乎每个字都在女人的心尖尖上跳着,蹦着。女人再次抬起头,那个男人已经举着相机站在了她的身边。

“看,白云朵朵,一片开阔的蔚蓝,迎风摆动着的红衫,对着太阳凝视贝壳的沉迷样。真是太美了!”男人很有兴致地指着镜头里的画面解说着。

女人红着脸没有吱声。她悄悄地瞥了一眼沙滩,她的丈夫正在那儿坐着呢。他不愿意陪女人下海捡贝壳:“年过四十的女人,还那么幼稚,想捡贝壳自己做风铃?有必要吗?买一个得了。”

女人又飞快地瞥了一眼身边的这个男人,他满脸阳光般的暖色。

“留个联系方式吧,我给你把照片发过去。”男人一脸大男孩般的坦诚,女人似乎无法抗拒。

男人问:“呵呵,捡得挺辛苦的,想干啥?”

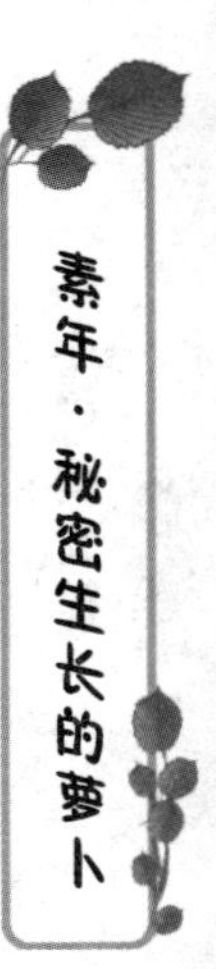

女人就说出了少女时的梦，做一串自己的风铃。

男人眼睛一亮，说："好啊，咱串一个别致的，螺旋式，先从小到大，再由大到小。可以染色，绚丽点，亮眼！"

男人从拎着的塑料袋里取出几个贝壳，递给女人说："送给你的，呵呵，或许你的梦里会有我啊。"

女人一瞧，瞪大了眼睛：竟然是有纹理、色彩非常漂亮的贝壳！

看着这个男人打着口哨弯腰和自己一起捡贝壳，女人突然问了句："你真的就那么开心？"连女人自己也吃了一惊，自己竟然想了解这个陌生男人。

男人说："我当然开心了，我把最美的贝壳给了爱它的人。只有真的在乎，才会有价值！"

男人的同伴喊他，男人很不情愿地离开了，走时，嘟哝了一句："最美的总是走得最快的。"

女人的心被这句话砸了个深坑。

女人在海里捡了好长时间的贝壳，尽管她的男人很不耐烦地催了她好几次——直到她脸上的红晕褪去。

回到家里的女人总想起那个男人，想着想着，女人的嘴角就翘了起来。想着想着，女人就害怕起来。女人害怕男人寄给她照片，害怕自己掉进照片里出不来了。等照片的日子，女人却心慌心疼，心尖尖不停颤动的那种慌，心尖尖被使劲揪着的那种疼。女人觉得自己宁愿害怕也不愿意心慌心疼。

想着念着，念着想着，不管是想念还是念想，都一样折磨着女人。女人摸着自己的脸颊，觉得烫得很。女人抚着自己的胸口，觉得心跳得厉害。

女人心想，自己是个水性杨花的女人？或者，是那片蔚蓝融化了自己日渐麻木的心？

一天，女人的手机收到了一条短信，让她找当天的《西安晚报》看看。女人就看见了海里捡贝壳的自己。下面是摄影者的感言：面对一份纯美，总不敢靠近，唯恐伤害了她，只有选择从记忆里删除。

女人笑笑，也删除了那条短信，连同那个号码。而那些贝壳，女人真的做成了风铃。弄伤了自己的手，流了血，女人却没感觉到疼，只是遗憾——要是和那个男人一起，一定会做得更好看。

风铃就挂在女人的书房里，那张报纸就放在书架上。女人常常拿着报纸，瞅着风铃，就湿润了眼角。男人几乎从不进女人的书房，男人有太多应酬。

女人拨拉着贝壳，听着清脆的声响，女人就落泪。女人觉得，最痛苦的事不是找不到心爱的人，而是明明找到了心爱的人却无法靠近；最痛苦的事不是无法靠近心爱的人，而是明明可以靠近却不忍靠近；最痛苦的事不是不忍靠近，而是因他难受落泪他却无从知晓！

把我的嫁妆先给我

万芊

小妮高中毕业那年，是1977年。冬季，高校开始公开招考，汪小妮正好赶上。第二年年初，高考成绩出来了，整个陈墩镇中学应届毕业生中只有两人考取大学，一人考取师专，而第四名的小妮却名落孙山。

小妮班主任跟她说："莫灰心，复读一年再考。"小妮的班主任是代课的老三届毕业生，参加高考也差了那么十几分。

第二年，小妮和她的班主任仍没考上，都还差了十几分。班主任灰心了，跟小妮说："我年纪大了，再不嫁人就没人要了，你还年轻，再努力一年，加油！"

第三年，小妮高考仍落了榜。

拿着分数单，小妮回到家。那天，小妮爹也刚从镇上回来，一脸无奈。小妮爹是小学代课老师，这天镇中心校人事上正式通知他，不用再到学校上课了。小妮爹没了工作，两个哥哥回来闹分家，小妮又一次落榜，汪家一下子陷入内外交困之中。

家，迟早要分的。小妮爹请来了小妮舅舅，客客气气地分了家。房子、家具、农具、稻米、自留地，以及不多的十几块钱，都一一分了。

过了几天，小妮跟爹说："我要去城里复读。"爹平静地看了小妮一眼，

说："你复读，我不反对，可我实在无力供你了。"

小妮想了想，说："把我的嫁妆先给我吧。"

小妮娘说："你一个大丫头说这话也不害羞，传出去人家要笑话的。"小妮爹说："就算我想把嫁妆先给你，我也没有钱呀！"

小妮说："爷爷临终时说的，祖坟上的榉树，是我的嫁妆。"

小妮爹皱了皱眉，说："那些榉树正在长树围。现在砍了，值不了几个钱。"

"您就当我真的出嫁，等不及了。"

小妮娘一听就恼了，说："你读书读得一点儿也不知羞耻了，这话你也讲得出口？"

小妮沉默了。但是，小妮的话还是传了出去。

第二天，汪小妮家来了一拨又一拨的人。村子里到处在传小妮的闲话。有的说，小妮急着要出嫁了；有的说，小妮要办嫁妆了。

小妮拿了几本书、几片面饼，到村头没人打扰的地方去看书了。

到了傍晚，小妮回家。

小妮爹说，买树的人来了好几拨，最终谈妥的是两家。一是支书家，给

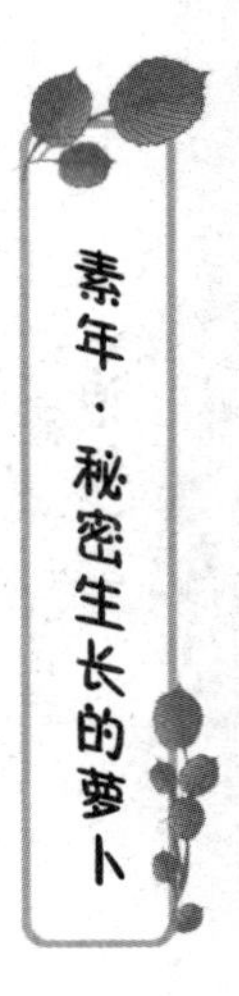

一百五十块钱,树要全部移走。还有是朱小小家,他们开价一百二十块,每个月给十块,可以让树在坟地上留着。

其实,支书家儿子和朱小小家的儿子都是小妮初中时的同学。支书家的儿子参军去了,朱小小家的儿子就是他们那届考取师范专科学校的第三名。

小妮不假思索地说:“卖给朱小小家。”小妮爹一脸不满。

小妮去了鹿城,苦读一年,硬是把初高中所有的学科重新学了一遍。第二年高考终于如愿考上了省师范大学。

临上学时,小妮爹娘又为钱发愁时,朱小小送钱来了。钱不多,五块。小妮爹娘推着说:“你们该付的钱都付了。”

朱小小说:“说实在的,你们急用钱,卖树卖亏了。况且这一年树在长大,价钱也在升,我们还是再贴些钱吧,免得将来你们反悔。”

小妮拿着五块钱路费,到了省城。读师范大学,不光免费,学校还供给伙食费。朱家也挺讲信用,补偿的钱每月准时汇去。读了一学期,小妮各科成绩优异,拿到了奖学金。

四年一晃过去,汪小妮大学毕业,又考取了研究生。

得知女儿还要读书,小妮娘急了,说:“等你研究生毕业,都三十多了,你能嫁给谁呀?”小妮沉默。

又过了几年,小妮终于研究生毕业了。小妮拿着毕业证书和工作分配介绍信回到家时,小妮娘哭了,说:“你那些同学的孩子都会打酱油了!你都三十好几了,你还能嫁给谁呀?你这傻妮!”

小妮说:“娘,你急啥,还有比我更傻的人,在等我呢!”

小妮爹问:“谁?难道是朱小小家那傻小子吗?”

小妮坏坏地笑了。

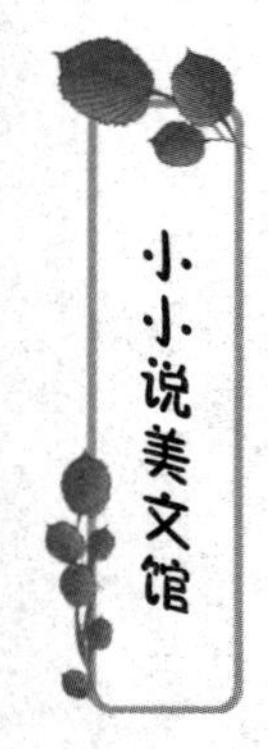

英　儿

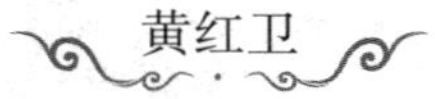
黄红卫

那天，眼见着要天黑，目的地尚不知在何处，心越发慌张，我就问英儿："还有多远？"

英儿说："从现在开始不花一分钱。"她老家有个邻居，叫小周，W 市警察学校毕业后直接分配在 W 市机械厂，厂里面有招待所，住宿不要钱。

将近八点，总算抵达目的地。

当一身警服的小周气喘吁吁出现在传达室时，嘴巴张得像脸盆。他听说我们是从长途汽车站徒步而来，眼睛瞪得很大，惊呼道："知道你们走了多远吗？长途汽车站在这座城市西北，这里是东南，属于郊区了。为什么不坐公交车呢？"英儿朝我眨眨眼说，找不到公交站牌。

到了招待所，我才看清楚小周的长相：与我们一般年纪，也许是身着制服的缘故吧，显得特别英俊挺拔。

小周笑着看看我，转过头对英儿说："介绍介绍吧。"

英儿说："一起实习的同事，名叫青儿。"

"青儿，这名字好听！"小周频频点头，点过头问，"你们没吃晚饭吧？"

英儿又朝我挤挤眼睛，光想着赶路，忘了肚子饿。

小周说："你们稍等，我去食堂看看，弄点儿吃的来。"

小周刚出门,饥肠辘辘、疲惫不堪的我就歪倒在铺上了。英儿呢,一边哼着歌,一边颠来倒去地弄那条丝巾,一会儿这样,一会儿那样。

我问:“英儿你不累吗?”

英儿说:“累什么呀?”

迷迷糊糊间,小周回来了。他轻手轻脚地把一只特大号搪瓷茶缸和一个空碗放在桌上。

英儿揭开盖子,瞬间,一股香味扑鼻而来。我咽着口水睁开眼睛,凑过去——满满一茶缸葱油面!

小周似乎有点儿歉意地说:“只找到了一把挂面,将就吧。”

我说:“挺好。”

我与英儿你一口我一口,狼吞虎咽,风卷残云。

小周说:“你们肯定饿坏了,味道怎么样啊?”

我说:“好吃!香!这种味道第一次吃到!”

小周搓搓手说:“我刚学会这么煮的。”

小周见我要去洗那个空茶缸,一把抢过去说:“你们累了,早点儿休息吧。”

接着他问:“明天准备去哪儿玩?要不要我带着?”

英儿不说话,看着我。这回,轮到我朝她使眼色了。我嘴上说不用,心里想,英儿你口袋里还剩几个钱呀。

第二天一大早,小周先把我们领到他的宿舍。这回,轮到我吃惊了:一屋子铺天盖地的书法作品,地上、桌上、床上、墙上、椅子上……都摆满了。小周搓着双手说:“业余时间创作的。”英儿指指我说:“青儿也有这爱好,起早贪黑,宿舍里也如你一样,摆满了书法作品。”

因为有同样的爱好,我对小周格外有好感。

回到N市一个月,我终于熬不住给W市寄了一封信,大意是感谢小周的热情招待。没等几天,小周回信,我迫不及待地拆开,里面叠了三幅书法作

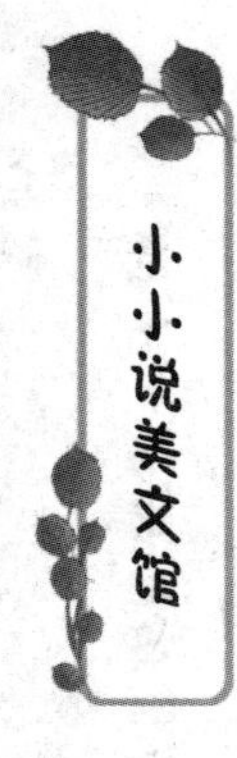

品，附带希望我指正之类的客气话。我当夜创作，准备第二天回赠。早上，英儿跑过来等我一起去上班，看见了小周寄来的信及作品，脸色大变："别惹他，人家有女朋友，还是青梅竹马呢！"

我红着脸说我没惹他呀，我只是不忘人家的一茶缸葱油面而已。英儿舌头一伸说："不就是面条嘛，在意什么？我也会煮。"

英儿还真煮了几次，我说不好吃，味道相差十万八千里。

一次吃面条时，我趁机问："W 市的你那个邻居有消息吗？"

英儿说："瞧你瞧你瞧你，又在想他了，人家已经调回老家了，可能要结婚了。"

我怎能告诉英儿呢？就在昨天，小周偷偷来 N 市看我，临别还给我留下一首很伤感的诗。

这以后不久，英儿放着好端端的工作不做了，申请辞职，回了老家。

我把她送到车站，挥别时说："经常写信联系啊！"

英儿说："当然！"

这年年底，英儿给我寄来一封信，打开，是英儿的结婚照，英儿搂着的，就是那个英俊挺拔的小周。

看完信，我哭了。

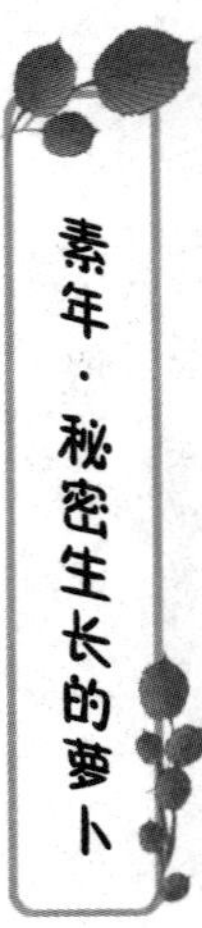

母亲的枫桥

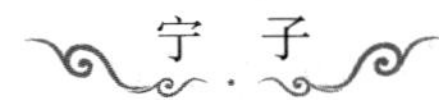

那座桥，也叫枫桥，在母亲二十岁之前生活的小村边。桥是石头砌成的，已经看不出本来的颜色了，桥两端的那些枫树，高大粗壮。

每一年，总是在正月初九外婆生日时我跟母亲回去，所以一直没有看到过那些树茂盛时的样子，更没有见过它们秋天的绚烂。但是因了那些总是寂寞生存的枫树，枫桥才成为枫桥的。

在我的记忆里，母亲每次回去，经过枫桥时，都会站一会儿……那时候的母亲已经过了一生中最好的时光了，人还是瘦瘦的，喜欢穿颜色深一些比较正统的衣服，不太爱说话。父亲转业后在武装部工作，保持着典型的军人作风，甚至母亲做好了饭喊父亲吃饭时，都要先敲一敲他的门。父亲有一个单独的小屋，平常的时间，他在屋里看报纸写报告……

我理解不了父亲和母亲的感情，他们从来不吵架，从我很小到我长大，好像一次都没有过。他们相敬如宾，却又好像缺少了绵软的琐碎的烟火气息。但是我已经习惯了，就像习惯了每年陪着母亲坐四个小时的汽车回去给外婆过生日。

外婆是在我十八岁时的秋天去世的。那年秋天，我回去陪着母亲给外婆上坟，也终于看到了枫桥两端那些枫树绚烂的模样。满树火红的叶子，摇

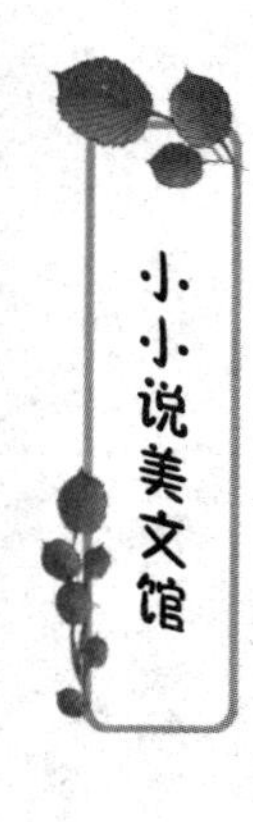

曳在已经干涸了的河边，很荒凉的美丽。

也是在那天，我和母亲在枫桥碰到了一个男人。他在桥的那一端，他看到了母亲，母亲也看到了他。他们都停了下来，站在那儿，在短短的桥的两端。

好像隔开了一个世纪，当母亲终于一步步走过那座陈旧的石桥时，我感觉到一种莫名的时间的漫长。然后我看到他们的手握在了一起，我看到握在一起的手轻轻抖动着。我听到男人说："真的是你吗?"

两人再也没有说一句话，母亲把手抽回来，我就看到了眼泪在深秋阳光下的晶莹。我不知道那些眼泪是谁的，男人还是母亲。

我看向那个男人，他四十几岁的样子，有一些沧桑的感觉了，但目光依然深邃犀利。他穿一件烟色的衬衣和黑色长裤——竟然是个俊朗的男人。

母亲要我叫他汪叔叔。她转向我的时候，脸上没有了泪痕。那个姓汪的男人看着我，说："你真像你妈妈年轻的时候，你们的眼睛，还有头发，几乎一模一样，但是你比她高。"

我笑了笑，我的笑有点奇怪的酸涩。我对母亲说我去看看那些枫树，摘一些叶子带回去给同学。母亲看着我，那个瞬间，我和母亲好像很近也很远。

然后我离开了他们，不远，但听不到他们说话的声音。

不知道那天母亲和汪叔叔说了些什么。等母亲喊我走的时候，他已经离开了。我只看到他的背影，远远的，走在和我们相反的方向。

那天晚上，我听到母亲在外婆生前睡过的小床上的叹息，听到她辗转反侧。我起来，在黑暗中轻轻走过去，掀开被子坐到母亲身边，我说："妈，咱们说会儿话吧。"

那天晚上，作为女儿的我终于知道了母亲和枫桥的秘密。

母亲是师专毕业后做了教师的，在附近的一个村子里。每天早上，母亲穿过枫桥去那个村庄教书。后来她做了中学一个班级的班主任，晚上要代

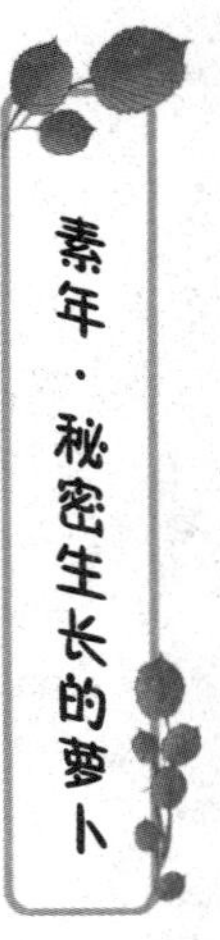

课，不能每天回去，偶尔就会住到学校旁边的一户人家。

那家有一个十七岁的男孩，叫汪炎。因为汪炎家的成分不太好，他早早地辍学了。

母亲年轻时是个有些任性的女子，有时候忽然惦记外婆，下了课也执意要回去。汪炎总会悄悄跟在母亲身后，一直到枫桥边。其实母亲是知道的，但是她不让自己回头。母亲那时已经二十岁了，因为读了很多书，又漂亮，总是有人去外婆家提亲。外婆一直没有松口，谁都没有看上。

母亲是在一个晚上走到枫桥时回过头的。

那晚的月光很好，母亲说，当时也是秋天，枫叶都红了，她忽然回过头，看到他站在树下。他那么高，有点瘦，但是已经非常英俊，比母亲见过的所有男人都要英俊。那天晚上，隔着枫桥，汪炎对母亲说："我一定要娶你。"

母亲和汪炎的事在三个月后传到外婆耳中，外婆才知道母亲是非嫁不可了，但是要嫁的人绝对不能是汪炎。在所有人看来，如果跟了他，母亲的一生就毁掉了。

于是那年秋天，母亲跟着当军官的父亲走了。一走，就去了几千里外的新疆。

等到父亲转业时，我都已经读小学了。母亲再回到家乡，断断续续了解到汪炎后来又读书了，并且考上了北大，但是毕业后却又回到了那个不太发达的县城的文化局做事；他到了三十岁才结婚，妻子是个再普通不过的农村女子，又早早地死于一场疾病；之后，汪炎没有再结婚……

那天晚上母亲说外婆到去世也没有放下那件事，她觉得她对不起母亲。

"那么你呢？"黑暗中我看不清母亲的目光，我问她，"你后悔嫁给父亲吗？你还爱他吗？"

过了好半天，母亲都没有说话，在黑暗中摸索着给我盖了盖被子，然后她笑了笑说："我不知道，每年我都想看看枫桥，每次看到时，我会想起他来。可是我知道我会回家，回家去给你爸爸做饭洗衣服，陪他看新闻，然后等你

的电话。就是这样的。我能够给他的时间，只有走在枫桥上的那几分钟，但真实的生活里，我习惯了和你们在一起……”

母亲没有察觉，那一刻，我流泪了，我的眼泪静静地落在了午夜的寂静中。

以后每年秋天，我依旧会陪母亲回去给外婆上坟，于是每一年，都会看见绚烂的枫叶，寂寞地落。我再也没有看见过汪炎，后来母亲说那年冬天他结婚了，娶了一个美丽贤淑的女人。我问母亲如何知道的，母亲说，因为他答应过她。他从来不会说谎。

母亲最后也没有告诉我那天她和汪炎在枫桥上究竟说了些什么。但是说什么已经不重要了，重要的是我知道在母亲心里，爱究竟是什么。